U0121062

来了

ぼ ぎ わ ん が、来る

[日] 泽村伊智 著　　徐屹 译

花山文艺出版社

河北·石家庄

目录
CONTENTS

CHAPTER ONE

第一章

来 访 者

一

"这样真、真的——就没问题了吗?"我一脚踩滑地板,差点跌倒,连忙站稳脚步,气喘吁吁地说不出话。流汗手滑,手机差点滑落,我急忙用双手按住,质问电话另一头的她:"我太太,还有女、女儿呢?"

"放心。"她以嘹亮沉着的嗓音回答,"您的家人没事。重点在于,您是否已经做好心理准备。"

我匆忙探出身子,望向走廊尽头玄关的那扇夹在白色墙面与天花板当中的暗褐色家门。尽管没有开灯,视线昏暗,脑海却记得那扇门的颜色。

没有任何异常。

我看着金属、树脂与玻璃构成的厚门板,拼命向自己灌输这样的想法。

"最好不要一直盯着看。"

她突然这么说,害我像是演技蹩脚似的抽搐了一下。

"不、不过,到底什么时候——"

"马上就要来了。**咒术都准备好了吗?**"

我在脑海里回想她刚才通过手机下达的指示。

窗户和阳台已上锁，窗帘也全部拉起。

厨房所有的菜刀都用布包起绑好，藏到壁橱深处。

家里的镜子也用裹住毛巾的铁锤全部敲碎。

客厅的地板上摆放所有的碗，并装满水各撒上一撮盐。

还有……还有……

"玄关**不用上锁**，对吧？"我为求谨慎，再次询问确认。

"没错。"她自始至终，以一贯冷静的口吻回答。

"可是……**它**……"我表示抗拒，"它不是想要进这个家吗？"

"是啊，田原先生。它从好几十年前就一直想见您了。所以才要**邀请**它进来。"

"那、那么……"

"别担心。"她温和地打断我的话，说道，"接下来就轮到我上阵了。"

听见她沉稳又带有威严的语调，我感到有些安心，并且回忆起了往事。

二

那件事发生在昭和时代尾声，我小学六年级暑假的某个午后。

当时我住在京都的新城区，一个人去位于大阪老街区的外公外婆家看漫画。至于是看什么漫画，我已经不记得了，更别说为何没有父母陪同，只有我独自进入外公外婆家了。

不过，当时年约七十岁的外婆端出许多茶点，我吃得很饱，之后便躺在平房里的榻榻米起居室中埋头看漫画。

那间平房即使是恭维也难以说得上宽敞，老实说，甚至可说是"贫寒"。

不仅有老旧电风扇的声音，还有榻榻米、土墙和衣柜防虫剂的味道。

外婆招待我茶点后，说她要去附近参加聚会，便出门了。平房里只剩下我和当时八十几岁的外公两个人。

我没有跟外公说话。不对，应该说是鸡同鸭讲比较正确吧。

几年前外公因为脑出血之类的原因卧病不起，同时还得了老年性痴呆。病情瞬间加剧，当时的外公只能反复说些呓语般的单字，精神状态跟幼儿没有两样。

外婆似乎对照顾外公一事不以为苦。盂兰节和岁末，我们一家人去外公外婆家问候时，外婆在与父母和我团聚的空当，一边欢欢喜喜地跟外公说话，一边利落地处理他的大小便和喂他吃饭。外公总是露出令人难以捉摸的神情，翕动着嘴，以孩子般的目光望着外婆。

外公当天仰躺在照护用床上，盖着白色的棉被。床铺占据了狭窄起居室的一半，当时个子急速抽高的我，有时会用脚尖钩住或是把脚靠在床铺边缘，埋头看漫画，享受夏日午后。

"妈妈。妈妈。"外公发出嘶哑的声音重复说道。

我最先解读成他是在叫外婆，但实际如何就不得而知了。

"妈妈。妈妈。"

"她不在。"我低着头回答。

外公安静了一会儿，几分钟后再次喊道："妈妈。妈妈。"

"她说要去平井家。"

"……妈妈。"

"应该马上就会回来了呗。"

我和外公进行着难以称得上是交谈的对话，抓起直接放在榻榻米上的点心放入口中，将看完的漫画随手一扔，又看起别本漫画，就这么重复这些动作。

叮咚，门铃响起。

我抬起头，望向厨房餐桌的另一端，仅仅约三米外的玄关。

玄关的大门是表面凹凸不平的玻璃格子门，门外只能看见一道矮小模糊的深灰色影子。

当时还是小孩的我犹豫是否要应门。外婆不在，外公又跟婴儿没两样，我对这个家也一无所知，干脆假装没人在好了。

当我僵硬着身体如此思忖时，传来一道声音。

"打扰府上了。"

我在那时才第一次亲耳听见这句只在连续剧和漫画中出现的拜访用词。

是中年或是年纪更大的女性声音。访客似乎是女性。

我决定站起来。

光脚踩着榻榻米穿过起居室，穿过铺着木质地板的餐厨区域，来到玄关前狭小的换鞋处。

"有人在家吗？"

"来了。"由于对方再次出声，我轻声如此回答，却随即"呃……"地支支吾吾不知该说些什么，当我正想问她是哪位时，访客如此说道：

"志津在吗？"

志津是外婆的名字。

"她出门了。"我隔着门如此回答。当时尚未变声完毕的我，在脑海里盘算着幼稚的计划，心想这下子对方就会以为只有小孙子留下来看家，摸摸鼻子打道回府了吧。我打着这样的主意，尽量说话简短，甚至调整声调，使声音听起来更年幼。我懒得开门应对。

玻璃门外的访客没有任何反应，只是呆站着。

我受不了沉默，打算走下光是摆着外婆和我的鞋子就已无处可站的换鞋处时，对方又发出声音：

"久德在家吗？"

久德——是外婆的长男、妈妈的哥哥的名字。他等于是我的大舅。

不过，他高中毕业后不久就出车祸过世了。那是离当时三十多年前的事了——早到我根本还没出生。摆放在起居室佛龛的大舅遗照，穿着立领衣服，露齿而笑，看起来是个爽朗活泼的青年。怀里抱了一个剪着娃娃头的少女，好像是妈妈。

为什么访客会不知道大舅老早就已经过世了呢？

就算大舅还在世，她找上门来究竟又有何贵干？

我心生怀疑，死盯着玻璃门。

灰色人影依然伫立不动。

凹凸不平的玻璃导致人影的细节扁塌、轮廓扭曲、表面扩散、拧转，形成一团灰色。

我突然打了个寒战，全身一阵发冷。

因为我不禁想象打开门后，会不会看见的仍是歪七扭八的一团灰色扭来扭去地站立在眼前。

当然，那只不过是我在胡思乱想。即使当时年幼，还是明白这个道理。无非是感到害怕而已，少自己吓自己了。我内心也有如此冷静分析的一面。

"不在。"我勉强挤出回答。

过了一会儿，她再次出声："银二、银二、银二在吗？他是否在家？"银二是外公的名字。不过为什么重复三次？听起来不像是说错啊。

当我不知该如何回答时，访客轻轻晃动身体，"咭 ——**咭嘎吱哩**。"如此说道。

我确实是听到她这么说。这拼凑不出意思的四个字，是哪里的方言吗？不过音调却十分单调，感觉只是发出几个音而已。

而且似乎很难说出口的样子，简直就像是隔了很久才再次说出好几十年来都不曾吐出的话语。

灰色突然扩大。她前进一步，靠近大门。透过玻璃能看见她的肤色。灰色是她穿的衣服，头发是黑色的，只是完全看不清她的五官。

"咕嘎吱哩。银二。咕嘎吱哩。银二。"

一字一字慢慢地吐出，看得见她的嘴角正一张一合地动着。她在用我不知道的话语，对外公诉说些什么。不过，我在此时才终于察觉到事态诡异。

这不是正常的拜访。不管对方有什么事，都没有采取拜访别人家时的一般程序。就连我这个价值观浅薄的小孩，也看得出这一点。

并且也依照逻辑推测出了这代表什么含义。

这名访客恐怕不是正常人。

也就是说，我不能打开这扇门，也不能告诉她外公在家。

访客不知不觉靠近门边，几乎就快要紧密贴合。两只手的掌心按在玻璃门上。与身高相比，她的手很大，手指很长。

可我已经不敢再将视线往上移，去看她的脸。

比先前还要响亮的声音，震动了玻璃。

"银二、银二、银二、久德、的、咕嘎……"

"滚回去！"

房里突然发出咆哮声，吓得我"哇啊！"大叫，一屁股跌坐在地。

我连忙回过头，只看见床上的外公左手用力攥紧，血管都冒了出来。

那句话是外公呐喊的吗？他是想要赶走客人吧？难

道说……

我再次面向玄关，这次则是无声的震惊。

原本位于玻璃门外的灰色人影已赫然消失，隐约可见夏日的阳光与盆栽的绿意透过玻璃。

不知恍神了多久，直到起居室传来呼唤声，我才回过神。

"秀树。"

这次确确实实是外公的声音。而且不是这几年那种口齿不清的梦呓，而是口齿清晰的声音。我有多少年没听过外公呼唤我的名字了。

我飞奔了三步冲到起居室，外公躺在床上，眼神坚定地望着我。光是这样我便紧张不已。

不知外公是否看穿了我的思绪，以冷静低沉的嗓音问道："你刚才，没有开门呗?"

我摇了摇头，回答："没有。"

外公瘪起嘴，加深了他脸上深刻的皱纹，微微点头说："千万不能开门……其实也不能应声。虽然阿公刚才忍不住大骂。"

我提出理所当然的疑问："那是啥?"

我发出变调的高亢声音，感到十分难为情，但外公却正经八百地沉默了片刻，轻声回答："现在还不能告诉你。"

可能是看我一脸不满吧，外公举起左手，指向玄关："那东西听到了会跑回来哩——不可能那么快走掉。"说完后，叹了一大口气。

奇妙的是，我竟然完全不记得之后跟外公聊了些什么。

　　只是，当外婆回家时，外公已经变回平常的状态，一直叫着："妈妈、妈妈。"外婆出声响应，好声好气地打算帮他换衣服，突然停止手上的动作，"哎呀，这是咋回事咧？浑身大汗哩。是觉得太热了吗？"说着连忙跑去拿毛巾。

三

　　在我升上中学三年级后不久，外公轻易地就这么撒手人寰了。据说是在外婆洗衣服时再次发生脑出血，等外婆发现时，早已断气。

　　外公年轻时就失去了所有亲人，晚年也鲜少与人来往。所以葬礼只有邻居和外婆那边的亲戚，加起来不到十人，还有父亲公司的两名相关人员参加，非常冷清。现在我也没有希望以风风光光的葬礼来吊唁外公，只是偶尔考虑到自己老死的事情时，脑海里总会想起外公那寂寥的葬礼。

　　但更频繁想起的，则是在守灵夜发生的事。

　　葬礼会场最狭小的房间里，摆放着以最低限度装饰的外公的灵柩。

　　遗照是把近期随手一拍的照片的大头部分裁剪下来，与和服一起合成的照片。

　　穿着丧服的外婆与母亲喝着茶杯装的煎茶，谈论外公的往事。父亲几乎没有参与话题，只是随口附和几声，反倒是母亲十分健谈。

　　而我只是穿着藏青色的西装制服外套，一个劲儿地喝着难喝的煎茶。

"秀树，你还记得**怨孤娘**吗？"

外婆突然把话题转向我，我立刻挖掘记忆，探求这个词的意义。

怨孤娘——对了，在我还小的时候，一直不睡觉或是不听父母的话时，外婆曾经狠狠骂了我一顿。当时就提到过这个词。

"就是你以前说过会来把我抓走的东西吧？"

"说得没错，你竟然还记得啊。"

"咱小时候也经常被这样念哩！"母亲开心地说道。明明几十分钟前还眼眶红通通的，之前更是与外婆一起哈哈大笑。即使人到中年，我依然难以理解女人为何能在这种场合如此快速地切换情绪。

"怨孤娘是啥？"我率直地问道。小时候只大略理解那是"一种妖怪"。但这样就足以吓得我连忙躲进被窝了。

"是啥哩……应该是妖怪呗。"外婆二话不说地回答，我听完后只觉得错愕。一问之下，才知道原来外婆小时候闹脾气不听话时，曾外婆也这样吓唬过她。换句话说，是父母以词语来形容某种"令孩童感到害怕的概念"传给小孩，但谁也不清楚那具体而言究竟是什么东西。真要说的话，在探讨"怨孤娘"是什么之前，恐怕也鲜少有人能说明"妖怪"是何种存在吧。

"……然后啊，咱以前住的三重 M 地区——那一带，流传的都是怨孤娘。"

外婆继续这个话题，母亲也附和地说道："那阿爸那边哩？是 K 地区呗？"

我在守灵夜这天，才知道原来母亲称呼外公为"阿爸"。

外婆轻声笑着回答："他说不知道，也没听说过哩。"

"这样啊。"在加入话题之前，我也适时地插了几句话。

外婆用她皱巴巴的手玩弄着手帕，把手帕揉成一团，却突然停顿动作，蹙起白眉说道："不过啊，以前有一次，他说**那里存在着更可怕的东西**。"

"存在是啥意思？真要说的话，怨孤娘也根本不存在呗。"母亲直言不讳地说道。

"秀——不对，不是秀树，是澄江你。真是糟糕啊，最近老是记错名字。是你小时候发生的事。"外婆呆笑了一下，面向母亲，"你当时还小，老是哭个不停。咱吓你说怨孤娘会跑来抓你，哄你睡觉，好不容易缓口气休息时，那个人却一副事不关己的样子喝酒大笑。咱对他抱怨说人家辛辛苦苦在哄孩子睡觉，你这个人还真没良心，结果他大骂咱啰唆，朝咱扔小酒杯。咱气得都哭出来了哩。"

这种行为现在称作 DV[1]，听说这件事发生的时候也已出现家庭暴力这个名词，那是会受到社会谴责的行为。然而外婆却若无其事地继续说下去："看到咱哭，那个人就说小孩哪会被怨孤娘这种东西给吓得乖乖听话，傻不傻啊。他家乡有更可怕的东西存在。"

---

[1]　即 domestic violence（家庭暴力）的缩写。——编者（本书注释均为编者所加）

"哦，是哦。"

母亲已经对这个话题失去兴趣的样子，但我却自然而然地仔细聆听外婆说的话。

"如果它找上门，绝对不能回答，也不能让它进来。要是来到玄关，锁起门别理会就好，但要是来到后门，可就危险了。所以啊，如果后门没关就完蛋了，会被抓到山上。他还说真的有一堆人被抓走哩。"

"那是啥鬼啊。"母亲苦笑。光听别人说这种话，的确没什么好大惊小怪的，甚至觉得在民间故事和妖怪辞典中也曾读到类似的内容啊。可是，听完外婆说的话后，我感觉自己体内深处在不住地颤抖。

母亲的那句话与其说是疑问，不如说是一种怔住的表现，但外婆似乎解读成了前者。她凝视手帕片刻，用手指抵着太阳穴说道："——好像叫作**魄魑魔**。"

我感受到自己西装外套下的衬衫内侧，手臂的寒毛如浪潮般一根一根竖立起来。那一天，那个午后，找上外公外婆家的灰影。

那是外公家乡所流传的**魄魑魔**吗？

从当时的恐惧与外婆所说的话来推断，外公极有可能认为那天的访客是魄魑魔。

不过，这世上根本不可能有那种妖怪存在。既然如此，那个访客究竟是谁呢？

还有，那句奇妙的话——

"真是奇怪。"母亲扫兴地以这句话作结。

"那种传说到处都有不是吗?"父亲以一副"随便啦"的态度,出声附和。

"就是说啊。"外婆笑答,然后凝视着遗照说,"咱想应该是喝酒的关系呗,他那天非常多话。毕竟他那个人啊,平常几乎不大跟家人聊天。倒是经常打电话给朋友 ——"她那被松弛的眼皮遮盖住一半的眼眸泛着泪光。

听见电话这个词,母亲似乎又想起有关外公的回忆,喜滋滋地说起外公曾对着话筒怒骂对方的模糊印象。中途好几次说到哽咽,甚至还流泪,但最后破涕而笑。

只有我一人被沿着背部流下的汗水弄得打了几个冷战。

葬礼会场禁止过夜,当天我究竟是搭父亲的车回了家,还是在外公外婆家住了一晚,已经记不清了。

接下来有印象的,是葬礼过后的次日早晨。我大汗淋漓地惊醒过来。因为梦见被灰色团块追赶,吓得从床上弹了起来。不过,梦里本身并没有出现那一团灰影,只是有那样的认知。

梦里的我,抬起不听使唤的双脚,在外公外婆家附近、学校、只去过一次的神户港等相互掺杂的各种场所,四处奔逃。

四

自己已经连续三天梦见被戴着能面、身穿能装束、手持长刀的人物追赶 ——

我的高中同学曾经提过这样一件事，我觉得很可怕。不过，据说他因此对传统艺能产生兴趣，如今在京都开了一家能面工坊。

我并未忘记那天发生的事，却也没有因此被激发出热情。没有什么特别的期望，平凡地考上了以自己的成绩绝对榜上有名并且离家不远的大学。大部分的时间都与社团朋友混在一起，要不然就是到处打打零工，谈谈小恋爱。几乎没有在读书。

之后跟着朋友们应聘东京的企业，接受面试，拿到几家公司的内定。最后在一家叫作"殿田制菓"的小公司的营业部工作。

工作内容是巡视东京各地的超市和零售店，通过数据和实地调查，掌握自家公司商品的销售状况与评价，并且推销新商品。一开始先跟着主管去，等熟悉业务后便单枪匹马上阵。做到驾轻就熟后，再带领部下。于是方言的腔调渐渐消失，说起了标准语。

工作态度算是普普通通吧。随着年龄增长，负责的工作规模与经手的金额越来越大，带领的人员与肩负的责任也越来越多。工作内容绝对不无聊，反而有许多局面能获得充实感与成就感，但确实会带来压力。用餐和喝酒的量增加，进入职场十年，体重长了十五公斤。

大学同学一个个步入婚姻，我倒是挺享受单身生活，但内心深处还是经常惦记着自己是独子，必须照顾父母，以及身旁需要女性伴侣陪伴的事情。

　　在三十二岁的初春时分，我认识了二十九岁的香奈。她是我们公司的客户"生活超市"板桥店的钟点工领班。因为和她谈工作时意气相投，私下也开始相约碰面。

　　我基本上每周六、日休息，再怎么忙，星期日也能放假；但她就不同了，经常六、日都要工作。有时我会因为时间凑不到一起而感到烦躁，但多亏她个性稳重又温顺，我们在交往第二年的冬天就订婚了，决定来年结婚。

　　年底我带香奈回乡时，在老家的公寓看见了外婆。据说她在几个月前搬离过去和外公同住的那间房子，跟我父母一起生活。

　　父母似乎对个性温和的香奈抱有好感，当我在吃晚餐时告诉他们我们已经订婚，以及今后的安排后，他们便面带微笑，满心欢喜。性急的母亲提出抱孙子的话题，被酒醉的父亲半笑半正经地责骂。香奈一脸难为情地笑了。

　　外婆在餐桌角落，没有参与对话，落寞地微笑着。发量骤减，头皮清晰可见。原本就娇小的身躯，看起来比以前更加瘦小了。

　　就连元旦早晨我们要去附近神社新年参拜时，外婆也说要留下来看家。父母似乎已完全和香奈打成一片，在冬天寒冷的清晨，熙熙攘攘的神社中，边走边谈天说笑。

　　我在参拜期间，依然挂念着老态龙钟的外婆。

　　回到家后，父亲占据了他在客厅的固定位置，看起元旦特别节目。母亲泡了四人份的咖啡，没算外婆，坐在桌前与香奈面对面聊天。香奈则是拿起饼干，边斜眼看着电视，边与母亲开心地谈论最近的谐星。

我喝了一口咖啡，去了外婆的房间。这间铺着地毯的六叠大小的房间，以前是储藏室。

外婆在窗帘紧闭的阴暗房里跪坐着，缩起身体，朝佛龛双手合十，边来回摩擦着手上挂着的黑色念珠，边发出低微的声音诵读佛经之类的文字。她背对房门，因此看不见她的表情。

我慢步前进，绕到外婆的斜前方坐下。

外婆嘴里念念有词，合掌拜了一会儿后，抬头看我，没表现出什么反应，再次望向佛龛，轻声长叹。

我特地来到她的房间，却一句话也说不出口，只是看着她的动作。

见我一语不发，外婆又轻声叹息，从下垂的眼皮内侧望向我说道："要好好珍惜香奈。"

"嗯，我知道。"

我点头答应后，外婆低垂视线，加强语气："要对她体贴一点，照顾她一辈子才行。"

"外婆，"我笑着回答，"我就是有这种打算才想跟她结婚的啊。不是抱着玩玩的心态跟她在一起。我也老大不小了……"

"你不懂。"外婆悲苦地摇摇头，表情十分难过。我感受到自己的笑容从脸上褪去。"嫁为人妇啊，就得忍耐。不管是碰到啥艰辛、痛苦、悲伤的事，就算吃了**天大的苦头**，也要'吃苦当作吃补'。"

　　我自认为认真地听取了外婆的教诲，但内心深处还是觉得这种想法过时了。现在哪里还有女人认为凡事忍耐是一种美德的。大概是我的想法表现在脸上了吧。外婆突然握住我的手。

　　她的小手瘦骨嶙峋，满是皱纹。什么时候变得如此衰老脆弱？

　　当我思考该说些什么时，外婆开口道："外婆不知道香奈是不是那种人，也不清楚现在的女人有没有法子撑得过。可是啊，一样都必须好好珍惜。"

　　那倒是真的。我如此说道："我会好好珍惜她，也会好好跟她沟通。"

　　"这样啊。"外婆叹了第三口气，低下头，好像非常疲惫。

　　是年纪一大，就容易变得悲观吗？抑或是……我脑海里闪过外婆即将不久于人世的念头，随即打消，轻轻回握她苍老的手。

　　"我答应你会永远珍惜香奈，一辈子相亲相爱。"

　　郑重说出口实在令人难为情，但同时也让我端起认真的态度，意识到这并非自己和香奈两人之间的问题，还背负着家人与周遭的人的心情与期待。

　　外婆的眼眸微微泛着泪光。泪水一滑落，便立刻被脸上深深的皱纹吞噬无踪。

　　那是开心的眼泪，因为我要结婚而喜极而泣吧。我如此心想，莞尔一笑。正想出声攀谈时，外婆开口："毕竟根本没有啥事是有法子忍耐的。"一口气如此说道。

我不懂这句话的含义，僵在原地，外婆便颤抖着嘴唇："一旦忍耐啊，心里就会累积坏东西。时间久了，会一口气反扑回来。一直忍耐不代表是对的。因为咱撑过去了，所以就能谅解。世上——这个社会，可没那么简单。"

我不太明白外婆在说些什么。是要告诉我凡事别能忍则忍吗？这话确实有道理，但有必要如此语重心长，甚至潸然泪下地教诲孙子吗？

我在阴暗的房间里盘腿而坐，望着无声啜泣的外婆，不知所措，也觉得有点厌烦。莫名其妙笼罩在沉重的气氛中，令我难以忍受。

"谢谢外婆，我也会转告香奈。"我尽可能开朗地说道，避免表现出冷漠的感觉，松开了外婆的手。外婆抬起头，以湿润的通红双眼仰望站起来的我。

我将视线从外婆身上移开，望向墙上的时钟。已经超过正午了。

"你要吃年菜呗？有买回来的现成年菜。"

我如此问道后，外婆摇了摇头。"咱还不饿。"呢喃般地说道。

"吃一点对身体好，还能跟香奈聊天。走，来去客厅呗。"我这么催促后，外婆依然坐着凝视着我，"怎么啦？"

"你——"外婆睁大下垂的眼皮，扩大润泽的瞳孔说，"——你是秀树呗？正在叫咱去吃饭呗？"

我的后颈起了一颗颗的鸡皮疙瘩。

之后发生了什么事，我已记不清了。只是，我不可能留下外婆，一个人离开。所以大概是佯装平静，两个人一起走向客厅吧。

六月在东京举办婚礼时，我邀请了父母和亲戚，当时外婆依然独自留在京都。在婚礼开始之前，我若无其事地询问母亲外婆的状况，听到的回答是"她的腰腿又衰弱了，除此之外都很健康"。

我打消了原本想要质问外婆是否得了老年性痴呆的念头。既然母亲判断没有异状，应该就没问题吧。我如此说服自己，将心思放在结婚典礼上。

实际上，外婆并未罹患老年性痴呆。

相反，她的意识跟记忆都很清晰才对。事到如今我才有所领悟。

来年秋天，外婆过世了。

死于肺炎，享年九十二岁。单看死因和年龄，她算是寿终正寝。

不过，据说卧病在床的外婆在临死之前曾经号啕大哭。

谈到这件事情时，母亲总是哭着说："她之前一直很冷静地说自己时日不多，看来还是害怕死亡呗。"

但是我明白，外婆并非是畏惧死亡。

据说外婆当时踢开棉被、甩开母亲的手，拼命地挥舞她瘦小的手脚。

"拜托……请回去呗……"

"别把咱、别把咱带到山里……"

"银二？……是银二吗？……"

苦苦哀求似的不断说道。

把人带到山里的存在。

与外公有关的某种东西。

从这些线索可以合理推断出一件事。

外婆当时害怕的可能是**魍魎魔**。

香奈正好在外婆过世一个月后，产下了知纱。

五

每当想起香奈和女儿知纱，我脑海便会浮现令我明确冒出"想要小孩"这个念头的某件事。

婚后，我们夫妻到伊势神宫度蜜月，顺便造访外公外婆的出生地三重县。

来到外婆老家所在的 M 地区，与印象中只在外公葬礼上见过的老亲戚们碰面，向他们报告我结婚的消息。

那群老人家也挺为我结婚一事感到欢喜的，但乡音实在太重，我真的不太听得懂他们具体在说些什么。

不过我还是很开心受到他们的祝福。虽然因为亲缘较远而几乎没有交流，依然心怀感激，不好意思地收下了他们包的红包。

我和香奈也顺道去了 K 地区。

以前听母亲说过，外公的老家早就拆除了。不过，根据事先上网调查的结果，我得知当地最近冒出了温泉，似乎还颇受好评，便决定走到哪算到哪。

　　我们搭乘只有三节车厢的地方支线铁路，在名称同为 K 的车站下车。走出斜阳西照的检票口后，明明是站前，却不见任何超市、便利店，甚至连私人商店都没有。

　　有的只是停放着零星脚踏车的铁皮屋单车停放处，以及堆满砂土、到处龟裂的水泥地停车场。

　　有人会利用这种车站吗？还是自己太习惯东京的关系？

　　我怔怔地眺望展现于站前的萧瑟景色。

　　既然连现在都是这种情景，外公居住的时候肯定更加空无一物，草木丛生，也没有铺路吧。

　　一旦入夜，便漆黑得伸手不见五指。

　　如此一来，也难怪这里的居民会真心惧怕**魍魉魔**了。

　　可是，为何连外婆都——

　　"啊！"

　　香奈轻声惊呼，我回过神望向她，只见她举起纤细的手指指向半空。循着指尖望去，发现约十米外的一间彻底生锈的组装屋旁，立着一面崭新到格格不入的大型广告牌。

　　上头大大写着：

含铁泉　源泉直流
子宝温泉
=>200 米前方右转

　　文字还附上配图。一男一女一老一少，笑呵呵地泡着岩石环绕的温泉。有的坐在岩石上泡到小腿，有的泡到肩膀的位置。

人物头上顶着白毛巾。广告牌上方画出三条纵向波浪型曲线——仿佛是为了填满空白而添加的白色水蒸气，是描绘"温泉"的典型插图。

"应该就是那里吧?"香奈说。

"嗯嗯，对，温泉。"我也跟着发出声音说话。不过，占据我脑海的反而是"子宝"这个词，胜过"温泉"。

子宝。宝贝孩子。

当然，我先前也曾有过生儿育女的念头，并且跟香奈讨论过。但那终归是一些纯属幻想、梦想的无聊想法。

"去看看吧。"香奈说着，用手帕擦拭着额头的汗水。

她只是想冲洗旅途中所流的汗，还是为了按照预定的行程走?

抑或是有其他更深层的含义?

我难以揣测妻子真正的想法，总之先同意，迈步朝广告牌箭头指示的方向前进。

灰色瓦顶与亮褐色木头柱子，子宝温泉的入口闪闪发光，看来是最近新建的。我们一边说着"感觉很整洁漂亮啊""太好了"，一边穿过大门。

使用放鞋的寄物柜的人比想象中更多。我说着"没想到还满热门的嘛"，按下了自动贩卖机"入浴组一套"的按钮。

大厅的椅子上已坐了几位先来的客人。看似同代人的女性与中年女性。这类设施独特的潮湿空气。

该说是不出所料吗?浴池与广告牌上画的插图不同，是男女分开的。

　　我在写着密密麻麻有关温泉功效和由来之类信息的木制大牌子前，叫住香奈。

　　"嗯?"

　　她望向我。我在脑中，应该说是心里，将从车站到这里途中所思考的事情汇整一遍。

　　重要的并非揣测妻子香奈的心思来见机行事。

　　而是我这个丈夫怎么想，怎么去面对。

　　我将脸凑近她的额头说:"跟你说哦，我想要小孩。"

　　抱着入浴组的香奈目瞪口呆，僵在原地。随后回答:"你怎么了? 怎么突然 —— 啊!"她扬起薄唇嘴角，露出整齐的牙齿，眼光炯炯有神，"是因为这里叫子宝温泉的关系吗?"

　　"嗯，算是吧，让我产生想要小孩的念头。"

　　香奈"呵呵"笑了笑，突然愁眉苦脸地低下头。

　　"咦! 你怎么了 ——"

　　"没事，抱歉哦。"香奈单手抵着眼睛，抬头说道，"我是觉得很开心。你竟然有认真考虑生孩子的事。"

　　她吸了吸鼻子。

　　我原本想要拥抱香奈，连忙煞车，搂肩的手势停在半空中。

　　"那你呢?"我询问道。

　　"我也 ——想要你的孩子。"香奈湿润着眼睛如此回答。

　　更衣处和浴池都没有人，我泡在飘散着铁臭味的褐色温泉中，小小享受了一下当国王的感觉。

在大厅品尝着咖啡牛奶等待香奈的时间里，我思考了一下往后的人生。

有孩子的人生。

养育小孩的自己。

半年后，香奈告诉我她怀孕的消息。

虽然她在子宝温泉那样回答，但还是对生产感到不安和困惑吧。在泡完温泉的归途上，她对将来也似乎没有一个明确的方向。

一旦怀孕，想必会更加忧郁，胡思乱想吧。可能也是受到荷尔蒙之类的影响而身心失衡。

香奈在床上一脸不安地低着头，挤出声音说出来后，抬头仰望我。

我回望她，坚定地说："恭喜你，我们两人一起养育这个新生命吧。"

孩子出生后，我绝对不会推给香奈或母亲照顾。我这个父亲也会帮忙带小孩。夫妻一起努力养育小孩吧。我接着这么说道。

香奈擦掉夺眶而出的泪水，笑逐颜开。

开始有早孕反应时，香奈辞掉"生活超市"的兼职工作，在家静养。她想继续工作，但我严厉地反对，逼她辞职。

我过去都尊重她的意见，但一旦跟孩子扯上关系，我的态度就变得很强硬。这一点连我自己也意想不到。

工作虽忙，我还是会尽早回家。香奈早孕反应很严重，做不了家事时，我会努力减轻她的负担。

　　我们讨论了许多孩子的名字，一起翻阅婴儿用品的产品目录。

　　最后由她决定名字的发音"CHISA"，由我决定文字写成"知纱"。这样就没有起口角，顺利地解决了取名的事。取好名字，正好是在听说外婆噩耗的一星期前。

　　参加完外婆的葬礼回来后，我和香奈每天忙东忙西，为生产做准备。

　　狠下心买了公寓，也将人称"白色家电"的家用电器全部汰旧换新。

　　新居位于上井草一栋四层小公寓的三楼。

　　是三房一厅一厨的二手房屋。我和香奈、知纱一家三口的家。

　　虽然背房贷令我感到不安，但拥有新家的喜悦凌驾其上。

　　事情发生在香奈临盆将近，我为她挑选医院，办理完住院手续的午后。

　　在外跑完业务后，我先回公司大楼与主管在四楼的营业部商讨接下来要开的会议内容。此时，年纪小我一岁的部下高梨过来叫我："啊，田原先生。"

　　"什么事？"

　　我询问后，高梨一副伤脑筋的样子走到我身边说道："有客人找，说是想要见你。"

　　"我没有跟人约好要见面诶。"我纳闷地偏了偏头，"对方叫什么名字？"

"我想想哦，叫什么名字来着？"高梨皱起眉头左思右想了一下，随后回答："啊啊，对方说想找你谈知纱小姐的事。"

"知纱？"

我不禁出声回应。会提到知纱，表示是香奈的亲戚或熟人，还是这次香奈住院的医院相关人员？

该不会是我老婆的身体有什么状况吧？

我草草向高梨道了声谢，匆匆赶到一楼。公司规模不大，因此没有足以称为大厅的空间。小小的办公大楼敞开的门前只有电梯、楼梯和仿造罗马神殿柱子的大理石电话台。通常访客会通过那部电话通知对方自己的来访，这次应该是高梨恰巧经过而接待客人的吧。

穿过电梯后，电话台前和大门四周都空无一人。到底是怎么回事？

慎重起见，我走出入口确认周围，秋风吹拂的道路上也不见类似的人影。

我再次穿过入口，看见高梨仓促地走下楼。

"咦，客人呢？"

我对早已气喘吁吁的高梨摇了摇头。

"没看到啊。是谁啊？"

"这个嘛……"高梨上气不接下气地脱掉外套，他怕热又容易出汗，"是个女人——"

"所以到底是谁？"我尽量压抑住不耐烦的情绪问道。

"看起来蛮年轻的——咦？奇怪！"高梨垂下视线，皱起眉头，手上抱着外套，就这么僵在原地。片刻后，高梨一脸呆愣地望向我："——抱歉，我完全不知道。"

"喂、喂。"我轻声笑道，"你总该问过对方叫什么吧。"

"这个嘛……"高梨望向入口，似乎在拼命地回忆几分钟前才发生过的事，"真是奇怪，我记得她就站在那里，我出声攀谈，然后——"

"她说要找我谈知纱的事吗？"

"对，没错。话说回来，知纱小姐是谁啊？你太太吗？"

"知纱是——"

这时我才终于意识到一件事。

我根本还没告诉任何人我女儿叫什么名字。香奈也不可能告诉别人。因为我们已事先商量好，要等孩子平安出生后，再向所有人报告。

当然，有可能是香奈背着我说漏了嘴，不小心透露出去。如果对方是医院相关人员倒是有这种可能性。不过——

我将视线从歪着头的高梨身上移开，拿出内侧口袋的手机，打算询问香奈。

找出手机里储存的香奈号码，将手机抵在耳边后，我不经意地望向一脸困惑、打算重新穿上外套的高梨。

他将左手穿进袖子，抬起右手手肘拉高外套。

"喂——"我不由自主地发出声音。

高梨一脸"叫我干什么？"的表情望向我。

"——你的手怎么了？"我听着嘟噜噜噜的呼叫等待铃声，用另一只手指着高梨的右手。

是上臂的外侧吗？容易堆积脂肪的那个部分，附着红色的液体。眼看着红渍慢慢地濡湿了白色衬衫，越扩越大。

是血。

"咦！发生什么了吗——哇！"高梨拉了拉衬衫查看，这才终于发现自己手臂上的血。

"你受伤了吗？"

"没有啊，这是怎么回事？怎么会这样？"平常个性温吞、坦荡大方的高梨，少见地仓皇失措地用左手触碰变得通红的右手。就在那一瞬间——

"痛……痛死人啦！"高梨轻声叫喊，蹲向白色地板。

我维持手机贴着耳朵的动作，半半拉拉地弯下腰想要搀扶他："高梨，你还好吗？"

"呜哇……好痛……唔……"高梨似乎痛得无法好好说话，跪到地板上，脸上冒出冷汗。

"喂？"香奈偏偏在这时接起电话。但现在不是讲电话的时候。

"抱歉，我挂了。"

"咦？什么——"

我不等香奈回答便径自切断通话，蹲下来触摸高梨的背。

高梨抱着右手肘，蜷缩着身躯。衬衫的右衣袖已染成一片鲜红。

渗出衬衫的血滴答一声滴落在白色地板上。

"别动，我立刻叫救护车。"我如此说道，留下呻吟的高梨，拨打 119 冲上楼梯。

我和其他惊慌吵闹的职员一起在大楼前目送高梨被抬进

救护车。我晚了一些到会议室开会，但完全无法集中精神。

六

　　高梨隔天若无其事地跑来上班，但第二天又开始缺勤。据说他住院了。他的同期同事已有几个人去探病，我向他们打听高梨的状况，却抓不到重点。不过，将零碎的片段组织起来后，高梨右手臂的伤势本身似乎没那么严重，但因为伤口化脓之类的原因导致身体出了状况，为了保险起见，还是住院治疗。

　　由于工作忙碌，以及香奈即将临盆的关系，我去探望高梨时，已是他受伤半个月后的星期六午后。

　　"伤势怎么样了？"

　　我看着躺在综合医院个人病房的老旧病床上，吊着点滴的高梨，不由得如此问道。过去不算肥胖、健康有肉的他，整个消瘦了一大圈，脸色和皮肤也变得黑不溜秋。

　　右手缠了好几层绷带。

　　"好像是细菌感染的样子……"高梨用左手抚摸着他憔悴的脸颊说。感觉是费了不少的精力才说出这句话。

　　大白天的却拉起厚实的窗帘遮阳，在阴暗的病房中，唯独他的双眼炯炯有神。

　　看见他这副模样，我实在难以向他提起公司的事，更别说是闲话家常了，只好说几句慰问的话便告辞。

　　"不好意思。"一踏出病房，远方便传来一道慌乱的声音叫住我。循声望去，看见一位前额秃头的微胖中年男性，啪嗒啪嗒地冲到我身边。

"你是'殿田制菓'的人吗?"男人问道。

我回答："是的。"

"我是高梨的父亲。小犬重明平常承蒙你照顾了。"男人气喘吁吁地如此说道，深深低下头。

形式上打过招呼后，我们走到附近一张暗红色的沙发椅并肩坐下。因为高梨的父亲说有话想问我。他严肃的表情中带有不容分说的压迫感。

他从秋田搭夜间巴士，今早抵达东京。上午见了儿子一面，也单独找了主治医师谈话。高梨的父亲先说了这段开场白，接着进入主题。

"听说重明在公司不知不觉就受伤了，这是怎么回事?"

他将手放在褐色宽松长裤的膝盖处，身体向前倾，如此问道。额头与头部冒出汗水。平常容易给人"和蔼可亲"这种印象的大眼，朝我投以仿佛要射穿人的锐利视线。想必是因为儿子莫名其妙就住院，令他担心不已吧。除了本人与医生外，还想向周围知情的人问个明白，让自己稍微安心一点吧。

我把自己所看到的事大致说给他听。我在大厅遇到高梨，他的手臂不知何时开始流血。因为他突然感到疼痛，所以叫了救护车。先前他在办公室向我攀谈时，并没有受伤的迹象。

我说完后，高梨的父亲皱起他的粗眉，再次询问："不好意思，真的只有这么单纯吗？"

"你这话是什么意思呢？"

我反问后，他将视线落在膝上，再次面向我说："比如说，我是说比如噢……会不会是职员偷偷在公司里喂野狗、野猫，跟养在公司没两样，已经算是公开的秘密了。但这次秘密快要曝光，所有人一致不肯承认，重明也一起套好说辞。"

"不可能。"我立刻否定。我懂这个问题在问什么，实际上公司里也没有养猫狗。至少就我所知是没有。所以我不会为了隐瞒这件事而有所行动。

但我不懂问这个问题的用意何在。高梨的父亲为何要在这个时间点问这种事？

大概是表情透露出我的疑惑吧，只见他用手帕擦拭额头的汗水后，压低声音说道："主治医生说那是咬伤。"

"咦？"

"说重明的手臂是**被咬伤**的。从伤口看来只有这个可能性。可是重明却坚称没那回事，自己是不知不觉流血的。我已经被弄糊涂了……"

最后我几乎听不清楚他在说什么了。高梨的父亲以求助的眼神望着我，沉默不语。

"可是，实际上令郎……"我吐出话语，同时在脑海回忆那天当时的情景，想到一个矛盾之处，"……的衬衫完好无损。虽然染了血，但看起来没有绽裂或破洞。如果是咬伤的话……"

"重明也这么跟我说。"他中途打断我的话，叹了一大口气，"你叫……"

"敝姓田原。"

"不好意思，田原先生。我并非歇斯底里或是脾气暴躁，也不是想尽早接受事实，求个安心。只是……"高梨的父亲嗓音沙哑，干咳了好几声后说道，"若是被野兽之类的动物咬伤，最先必须担心的是狂犬病。以前我的一个朋友就死于狂犬病。在山里被野狗咬伤，没多久就……他才十五岁。"

我记得曾在哪里听过，狂犬病只要发作，致死率几乎是百分之百。高烧不退，全身疼挛，无法饮食，衰弱痛苦至死。

想必是想起往事、想起朋友临终时的画面，他表情沉痛地说道："所以，我刚才到这里之前，也对医生说重明是不是得了狂犬病，会不会是在注射疫苗前就发作，所以才会那么、那么——"

声音再次微弱消失，高梨的父亲低头吸了吸鼻子。一名身穿病人服的患者经过，消毒药水的刺鼻气味飘了过来，随后逐渐转淡。

轻而易举便能推测出他想说些什么。

大概是想说，所以高梨的身体才会变得连外行人也看得出异常。

"所以——医生怎么说？"我问。尽管咬伤这个前提已不符合事实，我也认为高梨的情况不像狂犬病的症状，但既然关乎部下的生命安危，还是不得不询问。

他微微摇了摇头回答："医生说不是狂犬病。检查结果也证明不是。况且咬痕不是猫、狗、老鼠、蝙蝠造成的。除此之外还有许多动物是传染狂犬病的媒介，但不大可能出现在日本城市里。"

"那么到底是什么东西咬的？"

"医生说看不出来。"

高梨的父亲脸上浮现僵硬的笑容，望向我。鼻子下方的皮肤微微留着剃完胡须的痕迹，冒出汗珠。松弛的眼部下方闪耀的也是汗水吗？

"我恳求医生让我看了。"他冷不防吐出这么一句话。

我反射性地询问："看什么？"

"照片。犬子手臂上的那个伤痕。"高梨的父亲如此说道后，用手背擦拭嘴角，"我想亲眼确认。硬是拜托医生既然不能让我直接看伤口，至少看个照片也好。可是，反而看得我更加一头雾水了。那种——"

"哪种？"

眼看他的声音又快要中断，我将脸凑了过去。看见苍老的脸庞在我鼻尖前方不停颤抖。

他将视线从我身上别开，挤出声音："那种参差不齐、一塌糊涂的伤口……呗，不是狗……也不是猫……究竟是啥造成的哩……"说到这里，高梨的父亲完全静默。一滴汗水从下巴滴落地板。

不好意思，我有点头晕。他如此辩解着站起身后，逃也似的穿过走廊快步离去。

我一个人被扔下，但也没有打算追上去，便在走廊尽头的自动贩卖机买了一罐咖啡，当场喝完后回家。

知纱是在那一星期后，秋风萧瑟的午后出生的。

香奈虽然身材纤弱，但生产似乎还算顺利，还有余力对从公司赶去医院的我露出乏力却喜悦的笑容。

知纱怎么看都像是一只皱巴巴的小猴子。但在我眼中，她看起来比任何人都可爱。可以感受到我心中涌起慈爱，应该说是喜悦和感谢的心情。

我和香奈两人一起照顾知纱，也全心地投入工作，度过了"蜡烛两头烧"却内心充实的日子。

年底，在公司忙得不可开交时，收到了高梨寄来的辞职信。

〈因健康原因辞去职务〉

即使问他的同期同事，也只是得到他身体状况真的很糟糕的消息，于是我再次前往他住院的医院。

柜台的护士用内线联络后，一脸不好意思，像是对小朋友说话般地对我说："病人身体非常不舒服，无法会面。真是非常抱歉，没问题吧？"

我踏出医院大门，走在人行道上，突然停下脚步，仰望病房大楼。老旧的综合医院病房大楼，看似沉重地没入一大片宏伟壮观的厚白云层。

我想起病房的房号，在脑中猜测位置关系，就在我望向理应是高梨所在的病房窗户的那一瞬间，窗帘被一把拉上。

窗帘拉上的前一刻，我目睹的画面是——

几近黑色、骨瘦如柴的手臂，与一头蓬乱的头发。

以及大得不自然的两颗通红充血的眼睛。

我逃也似的离开医院。

七

尽管挂念高梨的身体状况与辞职的事，但我要照顾知纱，又要协助香奈，在必须兼顾工作与育儿、忙得焦头烂额的生活中，渐渐遗忘了他的事。

现在回想起来，觉得自己真是太不当一回事了。疏忽大意又毫无防备。

不过，我也不是完全忘了高梨。

应该说，对他那荒谬又诡异的事情感到的不安和恐惧，始终遗留在我内心一隅。

而且下意识地联想到**那个东西**。

外出时若是发现感觉很灵验的寺庙和神社，便会不自觉地买下护身符，摆在家里的玄关、厨房、厕所、电视上、卧房……

去附近的祭典或是盂兰节和岁末参拜时，也会毫不犹豫地购买看起来很灵、能保护一家人的物品。

"买这么多要做什么呀？"香奈吃惊地笑道。

我回答："保护家人是我这个当父亲的职责啊。"

当然，我并没有说明我心中蔓延的不安。香奈也没有多问。

虽然借由购买那类物品，能稍微消除我心中的不安，但知纱的存在与她的笑容和成长无疑是疗愈我、使我积极面对的最大原因。

另外一个出乎意料令我勇气倍增、消除忧虑的事情，则是与其他有育婴经验的奶爸们交流。

在网络、社交网站上与他们交换意见、互相勉励。我也曾不知天高地厚地朝世界发送过几次言论，启蒙大多无心参与育婴的父亲。

　　奶爸盟友的重要性

　　今天跟附近的奶爸团在比萨连锁店聚会～

　　平常大多去某人家聚会，但偶尔奢侈一下也无妨吧。

　　对了对了，前几天奶爸团加入了新成员！

　　T夫妇才只有二十几岁。

　　听说丈夫在某大型广告代理商（笑）工作，太太则是现任模特儿。

　　两人的孩子上个月出生，热腾腾刚出炉！

　　我立刻把知纱的旧衣服送给他们，两人开心地收下。

　　丈夫好像还不习惯抱小孩的样子，我有点担心，但爸爸跟小孩一样，都会成长。

　　哦，似乎抓到诀窍啰？嗯、嗯，很棒哦，新手爸爸！

虽然也有点感叹邻居之间越来越少来往了，但正因为处于这样的时代，我才更想要珍惜人与人之间的联系。

当然，并不是和他们连成一气，卖惨吐苦水。即使忙忙碌碌、无暇睡觉、精疲力尽，我还是主动地疼爱、照顾知纱，鼓励香奈。

我过得很充实。香奈也很高兴，感谢我一起照顾小孩。

在知纱快要满两岁的秋天时节。

原本傍晚约好的聚会取消，能早点回家，我打电话回家报告这件事。

香奈虽然开心我能早点回家，却一副伤脑筋的模样。一问之下，原来是因为跟邻居打交道，必须一起吃晚餐的关系。

对方是津田夫妇。他们有一个跟知纱差不多大的女儿，叫什么名字我忘记了。

养育小孩难免必须跟周围配合、建立关系。这一点我平常就深有所感，不过 ——

"……他们已经准备好了，知纱也……"

"……偶尔也必须跟朋友、周围的人交流……"

香奈的语气有些见外，一副小心谨言的样子。

我敢说妻子香奈已经疲于跟邻居打交道了。但她还是一直顾虑津田夫妇的心情，不让我察觉。

善解人意的香奈，伟大的妻子。

既然她有困难，做丈夫的就应该帮她解围。

我说些话抚慰她，说服她今晚就我们一家三口度过。

然后打电话给津田夫妇，郑重地表示取消晚餐的聚会。

换乘电车，抵达自家公寓时是晚上七点。我冲上楼梯，快步穿过走廊，打开玄关的门。

室内一片漆黑。玄关、走廊和尽头的客厅都是。远处的朦胧亮光，是厨房的灯光吗？

香奈和知纱人呢？

"喂，香奈。"我一边说一边暗中摸索，找到电灯的开关。

啪嗒一声，柔和的光几乎同时照亮玄关与走廊。

我察觉到展现在眼前的光景代表什么含义后，不禁后退了一步。

木质走廊上散落一地闪闪发光的碎布、碎绳结以及碎纸片。被撕裂、切碎、破坏得四分五裂，撒得到处都是的——

是我四处搜购来摆放在家里的护身符和避邪符的残骸。

"香奈！知纱！"

我粗鲁地脱下皮鞋随手一扔，奔向客厅。尽管犹豫了一下是否要踩踏护身符和避邪符，但实在难以全部避开，只好用力踩过去。

打开客厅的电灯后，那里也散落一地的碎布和纸屑。

我置之不理，冲进厨房，抱着知纱蹲在地上的香奈赫然抬起头来。没有化妆的面容憔悴，不知是否因为日光灯照射的关系，黑眼圈特别明显。

"香奈。"

　　我呼唤她的名字后，她慌乱地颤抖着嘴唇，眼眶立刻湿润，眼泪夺眶而出，沿着脸颊流下。

　　"这究竟是怎么一回事啊——"我捡起落在香奈脚边，被粗暴地撕碎、揉成一团的避邪符残骸。

　　"我……我……"香奈声音高亢分岔，泪水直流，滴落在知纱的头上。知纱正呼呼熟睡着。

　　我抓住香奈的肩膀，尽量压低声量说道："发生什么事了？"

　　"这、这是……"她仍颤抖不已，显然在害怕。

　　我不禁问道："有什么东西——来了，对吧？"

　　"咦……"香奈明显六神无主，视线游移，嘴巴半开，铁青的脸越发苍白，噤口不语。

　　"冷静点，香奈。先把知纱——"

　　嘟噜噜噜噜，室内电话突然铃声大作，我和香奈同时抖动了一下。我停顿半刻，望向客厅的电话。

　　嘟噜噜噜噜——嘟噜噜噜噜——

　　现在不是悠闲接电话的时候。我如此判断，再次温柔地搂住香奈的肩，从她手中接过知纱来抱。睡得香甜的知纱，脸颊红通通的，鼻水干掉的痕迹一直黏到上唇。似乎哭过。

　　我抱着女儿扶起香奈，来到客厅，并肩慢慢走向卧房。缓步慢行，避免吵醒知纱，小心避开护身符和避邪符。铃声中断，响起机械音告知留言步骤："请在哔声后留言"。

　　我背对发出沙沙噪声的电话，站在卧房前，香奈打开房门。

"喂?"电话传来一道沉稳的女声。

"银二在家吗?"

我全身僵硬,双脚像结冻般动也不动。

虽然掺杂着杂音听不清楚,但我敢肯定。

那是我还是小学生时,某天在外公外婆家玄关听见的那个声音、那个说话方式。

香奈疑惑地仰望我。

"志津在吗?"

那道声音呼唤我死去外婆的名字。

"这是……打错电话了吧?"香奈轻声说道,望向电话。我思考该怎么回答,却无言以对。

杂音持续,声音中断。

我佯装平静,一脚踏进卧房。

"**秀树**。"

有种心脏像是被一把揪住的感觉。

"咦……怎么会……"香奈抓住我的手臂。

"**香奈**。"

香奈"噫!"地倒抽了一口气,使劲加强紧握我手臂的力道。我将知纱交给她,胆战心惊地用高八度的声音要她抱好,连自己都觉得窝囊。

香奈尽管心生困惑,还是接过女儿。我确定她抱好小孩后,大步奔向电话。脚底传来用力踩踏在护身符上的触感,但如今也顾不得那么多了。

我粗暴地抬起电话,拔掉后方的电话线后,一直流泻而出的杂音戛然而止。

我全身瘫软无力，松了一大口气。慢慢放下电话，就这么拿着电话线失神落魄地呆站着。

"这是怎么回事？"香奈问道。

我抬起头，看见她抱着知纱目不转睛地盯着我。

"是骚扰电话啦。我在公司也接到过，大概是遭人怨恨了。"我睁眼说瞎话，带着老婆和女儿走进卧房。

一夜辗转反侧。第二天早上，彻夜未眠的我在固定的时间出门上班。

八

那天的访客，在经过二十五年多之后，打算来找我 ——

外公的故乡三重县 K 地区所流传的，名为魄魑魔的怪物。

任谁都会觉得这是不切实际的幻想，或是心智不成熟的想象吧。

换作是我从别人口中听说这种事情，想必也会如此评断且一笑置之。

然而，事实上高梨确实被某种生物咬伤，不得不辞掉工作。

我家的护身符也确实被撕毁，并响起奇怪的电话。

香奈和知纱遭遇了恐怖的体验。

无论真相如何，身为一家之主，身为一个父亲，我都不能放任不管。只要弄清楚究竟是偶然还是有人恶作剧，就能采取妥当的应对措施。

不过，到底该从哪里着手、如何行动才能弄个明白呢？

除了在玄关安装监视器防止外人侵入外，我还调查了三重的民俗与都市传说。

但是上网搜索、到图书馆翻书，都没有找到我想要的信息。也曾想过找人除魔或委托灵媒帮忙，但总觉得那些人大多是神棍。另一方面也认为事态尚未严重到必须依赖那类人物来解决。

不久后，我怀着不安，选择埋首于日常生活，靠忙碌来转移焦点。

香奈自发生那件事后，明显忐忑不安，有过几次身体欠安，或是我回家后发现她和知纱两人在哭这类的情形。我不知道该如何向她说明，即使好好解释，也只会更让她不知所措、感到恐惧吧。

关于那天发生的事，香奈坚称她记不清了。

或许是大脑主动封锁住了可怕的记忆。

结果只是身体欠安，也许已是万幸。

不过，她总不能一直维持这种状态，而疏于照顾知纱吧。我如此心想。

因此我时而温柔、时而严厉地开导她，一起照料知纱。

知纱似乎也不记得护身符那件事了，我不着痕迹地打探，她也只是一副目瞪口呆的样子。

我找不到人商量，也得不到丝毫消息，只能和家人住在一起，一个人闷头工作。

不过，一定有所谓的机缘巧合吧。

年初我们一家三口回老家探亲时，母亲对我说："阿大寄贺年卡来了哩。好久没见到他了。他好像在当啥学者的样子，现在也很努力。"

从母亲手中接过的贺年卡上，印了一只运笔豪迈的和风马匹图案，亲笔写上"贺正"两大字，以及工整小字的问候语。

　　新年快乐。

　　我今年起会在东京的大学当副教授。

　　听说你在东京工作，今年一定要在东京一起喝一杯。

我将贺年卡翻到背面，看见我的名字印在中央，而左下角则印着令人怀念的名字——

　　唐草大悟

他是我中学时期的朋友。入学前夕搬来同一间公寓，好巧不巧三年来都分到同一班。我们在开学典礼上意气相投，常常玩在一起。我参加羽毛球社，他参加足球社，虽然在不同社团，却总是结伴上下学。

高中以后各奔前程，但假日还是会相约出去玩。

大学时期在附近偶遇时，我们到公园一手拿着罐装啤酒，聊天聊到半夜。

后来他考上私立大学研究所，我前往东京，便自然而然不再有这类的交流。

当我因怀念而嘴角自然上扬时，下一瞬间感觉脑海里射进一道曙光。

唐草在大学时不是专攻民俗学吗？

而且研究过日本关西地区的民俗学。

他或许会知道有关魄魑魔的事。

我立刻往贺年卡上所留的邮箱给他发邮件。

"你说魄……什么？"

一月下旬，我和唐草在新宿居酒屋"DODONGO"角落里的一张小桌子喝酒。

十几年后久别重逢的唐草，除了体格变得比较健壮外，几乎与我认识他时没什么两样。说得好听一点，是古时候的帅哥；说得难听一点，则是长得一张西洋脸。有别于踢足球汗流浃背的中学时期，他的皮肤没有晒黑，双颊到下巴微微浮现出当时未有的刮过胡子的青色痕迹。据说他目前在御茶水的 S 大学担任民俗学的副教授。

在充满活力的大众居酒屋里放声报告近况，不小心就欢谈了一个半小时。好不容易聊到一个段落，我非常简单地向他打听了一下。

"就是呗，我外公说三重县的 K 地区流传着一种叫作魄魍魉的妖魔鬼怪。我最近不知怎地，在意得很哩。"我好久没在东京这么自然地操着一口关西腔说话了。

"我不知道这个名字呢。听都没听过。"

唐草从出生到小学毕业都住在埼玉，打从和我认识以来就一直都说标准语。就连我们重逢时也没改变。而且一样维持冷静沉稳的口气。

他单手拿着威士忌苏打，偏着头，片刻过后——

"不——等一下，我搞不好有听过哦。而且，我好像浏览过相关的文献。"

"你那不干不脆的说话方式是怎样啊？"我趁着居酒屋热闹哄哄的喧嚣声与几分酒意，撞了撞他的肩膀。

他表情含糊地回答："没有啦，因为我不确定，必须之后调查过才知道，抱歉。不过，姑且不论有没有听过——"唐草瞬间正经八百地轻声说道，"——我现在是单纯地对这件事感兴趣。能不能把你所知道的都告诉我？"

唐草的眼睛因为喝酒的关系有些充血，但更为炯炯有神，充满好奇心与探究心的光辉。以前，比如说和他一起走在附近陌生的巷弄或是闹市区的后巷时，他总是像这样眼睛闪闪发光。

我觉得久别重逢的老朋友十分可靠。

不过，我不打算在这种场合告诉他那些发生在我身边的难以理解的现象。

因为我明白民俗学并非处理那类奇怪事情的学问，更重要的是，我不希望他以为我脑袋有问题，怪里怪气的。

我尽可能老老实实地将我在外公葬礼上守灵那天，从外婆口中听说的事情告诉唐草。

他应该喝得比我多，却没有插嘴，认真地听我说话。

"三重县……会被带到山上……"说完后，唐草支着下巴，看着墙上的菜单，片段地重复我说过的话。没多久——

"我来查查看。查到的话就联络你。"唐草一本正经地说道。

话题自然而然地转向家人和工作，我们欢谈了一阵子后，便在 JR 新宿站东口散会。

道别时，唐草突然说道："看你好像很幸福的样子，有人在家里等你回去。"

他尚未结婚，据说也没有交往的对象。

我不好夸耀自己，顺着他说也怪怪的，便随口敷衍着"还可以啦"，然后就分开了。

一个月后，我接到唐草的联络。

敲定日程后，我在星期六的下午两点前往巢鸭他所居住的公寓。

九

"你住在中央线周边不就得了，大学不是在御茶水吗?"

我说完后，唐草边在厨房燃气灶上烧开水，边苦笑道："因为御茶水是山手线，我以为在巢鸭附近。"

我刚来东京时，也没什么根据就径自以为 JR 新宿站跟西武新宿站是相通的，因此迟到过。所以大概能理解他搞不清楚那一带的感觉。

　　一个人住在两室一厅的公寓二楼边间，确实稍嫌过大。墙壁几乎被旧书架和庞大的书籍填满。从方位与附近建筑物之间的距离来看，照理说采光应该很好才对，但唐草家却感觉有些阴暗沉重。之所以不会令人感到阴郁，或许是因为除了书本和书架以外，几乎没有其他物品，家具也没几样的关系吧。

　　他请我坐下，我便坐到餐厅中央的老旧矮桌前。坐垫又松又软，对当时腰痛的我来说较无负担。

　　唐草将两杯装着咖啡的白色马克杯放到矮桌上之后，从附近的书架上抽出几本书，在我对面坐了下来。

　　"多谢你之前告诉我那么稀奇的事情，很有意思。"唐草开门见山地说。

　　"那种事情真的那么有趣吗？"

　　"是啊。我也找到记载'魄魍魔'一词的文献了。"

　　"真的假的？是啥书呀？"

　　"我会循序渐进地告诉你。你先看这个。"唐草五官深邃的脸庞浮起淡淡微笑，摊开一本线装书籍，找出用便利贴做标记的那一页后，将书页朝向我。

　　不知是草书还是行书，笔迹龙飞凤舞的，根本看不懂在写什么。

　　……芴日俊为坊侣慶亲扳侣如在你山魔昬生唉人名

老之後入門揚之仿人氣長竹泥魔野果冬临為八鳴客霄客色赤来在山之状名埠則成……

"这是一本叫《纪伊杂叶》的文献。"唐草开始说明，"是江户时代末期，纪伊国的小杉哲舟这位儒学家所写的随笔。他将当地所见所闻的逸事一一书写下来，大多是花开了、下雪了这类琐事，基本上蛮无聊的，在民俗学史上也不太重要，不过也记录下一些当时的风俗传说，所以我也浏览过。上次听到你提起时，我才觉得好像有印象，也就是说——"

"等、等一下，唐草。"我抬起手制止说话速度越来越快的他，"太快了，你能不能解释得再慢一点？"

他目瞪口呆了一下，随后"哦哦"地小声说道，立刻开口："哎呀，真是抱歉。我总是一不小心就说得太快，上课时也有学生反映过这一点。"

唐草搔了搔头反省，我不禁哈哈大笑。

从中学时期开始，唐草就曾经在别人家默默看了几十本漫画。一旦太过投入，就会忽略四周的情况。看来到了这个岁数，他的这种个性还是没有改变。

他喝了一口咖啡，稍微聊了一下副教授的工作和上课的事情后，再次进入正题："这里写的是有关当时纪伊国山村里流传的妖怪的事。据说会把人掳到山里，叫作这个名字。"他用手指指出毛笔字上的"坊伪魔亦抚伪女"。

"上头写了些什么？"

"不知道正确读音怎么读，但通常应该是念作'坊伪魔（bougima）'或是'抚伪女（bugime）'。"

"嗯?"

我抬起头，唐草便轻轻颔首说道："江户时代如此称呼的妖怪，经过时代的变迁，读音产生了转变——也就是音变，使其更容易发音——到了你外公出生成长的明治末期时，可能就变成'魄魍魔（bogiwan）'了。"

"原、原来如此。感觉有点牵强哩。"我佯装钦佩、对话题兴致勃勃的样子，内心却大失所望。因为对现在的自己并没有什么帮助。虽然头脑明白是自己太任性自私了，但一想到香奈在厨房抱着知纱害怕不已的模样，就更是觉得刚才的对话徒劳无益。

"毕竟连'元兴寺（gangouji）'都变成了'魍擒仔（gagoze）'或'怨孤娘（ganko）'了。"唐草低声嘟囔。

我不大明白他说这句话的意思和意图，但我立刻反应道："怨孤娘？我有听过哩。"

"因为还算蛮有名的。"唐草开始娓娓道来，"《日本灵异记》中有写到，'魍擒仔'是飞鸟时代出现在奈良元兴寺的妖怪……算是鬼的名字吧。出没场所的发音一再转变，结果直接变成了鬼的名字。据说全国都有类似名字的妖怪，恐怕起源都是来自元兴寺。'怨孤娘'也是其中之一。"

"奈良啊……"

想不到竟然在这里得知外婆用来吓唬年幼的我时，所提到的"怨孤娘"这个妖怪的起源。三重和奈良相邻，我认为有一定的可信度。

同时也减轻了几分刚才的失望感。

"不过，教授、副教授也真是了不起咧。连这种不是啥重要的书也要先看过、考察过一遍，然后像这次一样，把各种相关的信息连接起来，仔细研究。"虽然是外行人的讲法，但我坦率地表达了我的佩服之情。因为跟自己切身的回忆有关，我似乎稍微体会到了一点学问的乐趣所在。

"没这回事。"唐草苦笑着说，"基本上是又无趣又单纯的工作。这次只是碰巧知道，不过——"唐草停顿了一下，拿起放在《纪伊杂叶》旁边的书接着说，"我之所以会记得《纪伊杂叶》的这个段落，是因为看了这本书。"这次将随处可见、极为普通的一本书拿给我看。

充满"讲解古日本风貌"味道，类似古文书的文字，以及陈旧纸张般的泛黄质地。书名是《传教士的足迹》。

"这是约十五年前的书。作者叫濑尾恭一，原本是东西报社的文化部记者，经常撰写有关战国时代和江户时代的历史。虽然已经过世，但以前经常上电视。田原你应该也知道吧？"

"看到脸搞不好会认出来。以你副教授的身份来看，他是咋样的人？"

我询问后，唐草回答："那个人算是很擅长提出社会大众都能接受的大胆假设。"

唐草委婉地表现出对电视文化人的批判，迅速地翻页。他有折书角的习惯，似乎一下子便翻到了想找的那一页。

当然，这次是铅字印刷，字体也很大。不过，每次都要先阅读过才能继续谈论，实在很麻烦，我便假装浏览字面，再次询问："上头写些啥呀？"

唐草蹙眉，支着下巴回答："漂洋过海来到日本的神父——耶稣会的传教士，不单是指方济各·沙勿略，这样说你明白吗？在传教活动方面，后来的神父比他更成功。像是后来撰写《日本史》的刘易斯·弗洛伊斯、范礼安，还有陆若……哎呀。"

发现我想要做出制止的动作，他喝了一口咖啡。

"抱歉啊。"我说。

"不，是我太啰唆了。然后啊……"唐草将手指摆在摊开的《传教士的足迹》上说道，"虽然有几位传教士名留青史，但并不是只有他们来过日本。当然，每位传教士渡海时都有一群相关人士同行，也就是使节团。"

"照理说是这样没错。"

"所以，加上船员后人数很庞大。据这本书上所记载，也有船只乘载了将近百人。想必其中也有与耶稣会并无直接关系的人吧。信奉其他宗派而非天主教的人，以及对传教没兴趣的人。"

"没兴趣？……"

话题正要展开，我自然地探出身子想要聆听。

唐草似乎认为自己的上课方式有问题，但应该还是颇受学生好评的吧。

"一群传教士经过明朝——就是中国——渡海来到长

崎。有人辛勤地从长崎到九州岛地方、山口那一带传教，也有人到遥远的京都、尾张一带传教。据说见过信长的弗洛伊斯也是如此。"

虽然话题改变了，但这次我不介意。唐草呼吸了一口气后接着说："这本书上写道，应该有不少人在中途与前往京都、尾张的传教士分别，在伊势或伊贺附近落脚。说到伊势和伊贺，就是现在的三重县。"

唐草沉默下来。但我几乎不明白这有什么重要的。我知道安土桃山时代有欧洲人来到三重县一带，但那又如何呢？

大概是我流露出困惑的表情吧，唐草突然又改变话题问道："田原，你有看过《月光光心慌慌》（*Halloween*）这部电影吗？是以前的恐怖片，最近也有重新翻拍。"

"啥？不，我没有看过哩。"

我只回答这一句，唐草又接着问："那《怪物幼儿园》（*Monsters Preschool*）呢？"

"这我有看过，当时很流行吧。我只觉得很好看而已。不过，这有——"

"那你记得那些登场的怪物原文叫什么吗？"

"根本说不上记不记得，因为我是看电视配音的。"

"这样啊……"唐草有些垂头丧气，但立刻端正姿势回答，"他们被称为'bogeyman'。《月光光心慌慌》里的面具杀人魔也是模仿万圣节当天会降临的 bogeyman。所谓的 bogeyman，说得简单一点，就是**妖魔鬼怪的总称**。在万圣节时，大家不是都会变装吗？"

"是啊，然后到邻居的门前说'不给糖，就捣蛋'，讨糖果来吃。"

"拿到糖就会祝我们'万圣节快乐'。说到为什么要装扮成各式各样的模样，是因为bogeyman没有特定的外形和性质。这或许才是'妖怪'的概念。"

"原来如此。"我想起外公守灵夜时与外婆的对话，点了点头。

"所以，虽然bogeyman这个词本身是英文，但全欧洲自古以来就存在与其有类似意思与发音的词汇。"

他喘了口气后，接着说："这位濑尾先生曾写道：当时欧洲的文化和技术，很有可能传到了伊贺或伊势的农村地区，甚至被伊贺忍者们所掌握。因为在以上地区的方言中还保留有相关的用法，他甚至还称，一部分忍术完全就是照搬了欧洲技术。这种顶多是属于个人的观点，举出的例子很随意，文献资料也极不充足，大多没有写明出处。从学术上来说，这个假设根本一文不值。但有趣的是，书上写了这种事情，可以当作一个根据：'三重的K地区——附近流传的妖怪魍魎魔与bogeyman意思相通。恐怕是传承自使节团中的一部分团体。传教士带进了基督教，**妖怪也从遥远的西方横越大陆，渡海而来——**'"

从遥远的西方，

渡海而来。

我在脑海里描绘出一艘抵达长崎的船只。一群神父在许多绑发髻的古代日本人的注视下，从甲板朝陆地下船。那艘船杂乱阴暗的船体之下冒出没有形体、软趴趴的灰色物体。那是在西方称之为 bogeyman 的存在。

在人们迎接使节团期间，那个东西缓缓地降落陆地，消失在海港城镇的人群中——

"不过，濑尾先生的文章文学感太重。只靠营造气氛和气势来撑起内容，几乎没有根据。"

我听到唐草的声音才回过神，抬起头后只见他拿着濑尾的著作，面有难色地阅读着。

"退一万步来说，假如这是事实好了，也没有明文记载出关键的魅魑魔出处。不清楚是在何处得知这个名字的。好歹也在最后一页写上书名或是论文的标题吧。如今他已过世，也无法询问本人——"

他想说的就是"无法获得证实"吧。不过，与他那客观的角度完全无关，"渡海而来的妖怪"这种想象画面，在我脑海中挥之不去。

"那种妖怪，真、真的是漂洋过海而来的吗？"

唐草耳尖地听到我的低喃后，莞尔一笑道："技术和物资也就算了，妖怪怎么可能真的搭船过来啊。是语言流传了下来。有关那方面的传说和信仰。"

"语言？"

我提问后，唐草拿着书，歪了歪头说道："这个嘛……比如说，那些欧洲人在伊势、伊贺遇到什么不可思议的恐怖体验时，他们应该会向别人说明：'我遇到妖怪了（That's bogeyman）！'之类的。而当地人听完后，会这么解释：'原来如此，山里发生的诡异事情，是叫作**破畸魅**的东西搞的鬼啊。那些南蛮人还真清楚呢。’"

"哦哦，跟袋鼠为啥会叫 Kangaroo 差不多呗。不对，情况相反哩。"

我如此说道后，他便用力地点了点头回答："世间是这么流传的，但好像是假的。不过，经过我的说明，我想你应该已有某种程度的理解。像这样能以自己的方式，结合自己的知识和经验来思考，就证明了至少你是用了脑袋在思考，想要融会贯通。就连听我讲课的学生，也只有少数人才懂得举一反三。"

受到学者称赞，我率直地感到有些开心。然后试着在脑海里汇总至今所提过的话题。

安土桃山时代，从欧洲传入的 bogeyman 这个词，到了江户时代以发音相似的文字代入成"坊伪魔"或"抚伪女"，之后发音产生变化，传到外公那个时代便称呼为**魄魑魔**了。栖息在山中的妖怪自古以来就已经存在，之所以会出现名称，似乎是因为使节团一行人将欧洲文化传入日本的关系。原来如此，我已经了解文化性、民俗学这方面的事情了。那么……

我指向早已合起、摆放在矮桌边缘的《纪伊杂叶》问道："那么，江户时代的人是怎么对付妖怪的？要是**坊伪魔**或是**抚伪女**找上门的话。"

"被呼唤名字也不要回答，就只是如此而已。大多都是这样应对。"唐草立刻回答。

　　我虽然感到失望，还是将脑中冒出的疑问说了出来："我看好像代入了'女'字，表示这妖怪是女的吗？"

　　"这就难说了。有一种解释说是女性，但也有没代入女字的称呼。"

　　"没有除妖的方法吗？"

　　"上头没有相关的记述。话说——"唐草凝视着我，露出难以捉摸的表情，"——你为什么那么好奇？"

　　"没有啦，只是觉得应该也写到了除妖的方法而已。"我佯装平静地回答。

　　"没有留下什么关于除妖的记述呢。如果是某个人的怨灵，或是老旧器物被扔掉而成精那类的倒是有。通常都是请人驱邪就圆满解决，或是焚烧后供养，妖怪就不会再出现了。"唐草冷静却一派轻松地说道。似乎将我积极的态度解读成单纯感兴趣的样子。

　　"这样啊，怨灵、妖怪之类的，是有差别的啊。"我随声附和，不让他发现我因为主题偏离而感到焦躁的心情。

　　从这里开始，话题就脱离民俗学的范围，跳到了灵异节目的形式，甚至是对自称有"灵异体质"的演艺人员的批判等各种方向。也聊起了同学的近况和大学教员的日常生活。

　　聊天的期间，香奈发了几通 LINE① 简讯给我，我每次都回了信息。

　　唐草的手机似乎放在某处，曾听见过几次数秒的振动声，

_____

① 一款即时通讯软件。

但他可能是聊天聊得太起劲，没有想去确认手机的意思。

　　也许是喝了咖啡的关系吧，我突然产生尿意，上完厕所回来后，便看见唐草在操作手机。他拿的是黑色的传统翻盖式手机，虽然老旧，涂漆却没有剥落。

　　"你手机好像响了几次，是女人吗？"

　　我问完，他抬起头笑道："怎么可能嘛。"接着说，"是广告邮件啦。改了好几次邮箱，还是会收到。我想用手机看大学发来的联络邮件，所以又不能设定拒收电脑发出的电子邮件——啊啊，岩田又传来很大的图片了。"

　　"有啥问题吗？"

　　"没有啦，是研讨会的研究生。认真是认真，但总是附加分辨率特别高的扫描图发过来，让我每次打开都很慢。"

　　唐草再次将视线转回手机上。不止研究，照顾学生和研究生，似乎也是副教授的工作之一。还真是辛苦呢，我一边想着，一边望向窗外。

　　天色已变阴暗。我望向手表，时针已转到四点多。

　　"不小心聊了太久哩。多谢你啊，帮我调查了那么多资料。"我稍微伸展了一下身体，眺望着隔壁的公寓对他说道。

　　没有回应。

　　我回头望向矮桌，发现唐草目不转睛地盯着手机屏幕。

　　"唐草？"

　　即使我呼唤他，他也没有打算抬头，而是盯着屏幕问我："你太太叫什么名字？"

　　我吃了一惊，还是照实回答："香奈。"

"小孩叫知纱吗?"

随后又提出下一个问题。这是怎么回事? 唐草没有望向我,而是盘坐在坐垫上,低头靠近手机,并未操作。

"发生啥事了吗?"

唐草顿了一会儿后,站起身望向我。然后将手机递到我胸前。

"你知道这是什么意思吗?"

"你在说啥啊?"

"混在广告邮件当中。上面写了田原 ——你家人的名字。"

"啥?"

我接过黑色翻盖式手机,望向屏幕。

主题空白。

寄件人也空白。这种事有可能发生吗?

正文写着我和我家人的名字。

还有另一句简短的句子。

　　田原秀树

　　田原香奈

　　田原知纱

　　在哪里?

当我发现自己目瞪口呆、全身僵硬,是唐草大声呼唤我、令我回过神时,拿着翻盖式手机的手非常用力,变得苍白。

唐草深邃的脸庞一沉,一本正经地望着我。

"抱、抱歉……我刚才不小心走神了。"

"发生什么事了吗?"唐草询问。

我说了不该说的话,让唐草替我担心了。原本打算随便敷衍过去。

又打消了念头。

此时不说,更待何时?

不对唐草说,还能对谁说?

"唐草……那个啊……"我吸了一大口气,吐出后说道,"我知道不是你的专长。可是啊,我现在遇到了一点麻烦。你可能会觉得莫名其妙,但能不能听我说?"

唐草坚定地微微点头。

在完全陷入黑暗的房间里,我和唐草就这么呆站了好一会儿。

十

野崎是个打扮整洁、身材瘦弱的男人。据说三十二岁,但或许是因为穿着打扮、整齐的黑发,以及光洁的肌肤的关系,看起来年轻许多。但他精明能干的脸庞,又给人一种超乎年龄的成熟感。

"他曾接受过杂志的采访。虽然头衔是可疑的灵异撰稿人,但个性一丝不苟,也精通那方面的学术领域。而且好像认识能帮上你的人。你要不要请教他看看?"

那天,我花了很长的时间说完有关魄魃魔的事情后,唐草这么跟我说，并给了我一张名片。黑底白字，排列着简单的字体。

采访、执笔
灵异撰稿人
野崎昆
KON NOZAKI
090×××× ○○○○
konnozaki@xxxxxxx

我依照野崎指定的时间地点，于三月上旬的星期日下午两点，来到阿佐谷车站附近的一间小咖啡厅。

野崎在柔和的橘色光线下，坐在复古的小桌子对面，听我把话说完。天气明明还很寒冷，他却点了一杯冰咖啡，啜饮了一口后，他一本正经地说道：

"我了解您的心情，您一定很难熬吧？"

我原本以为他会说一大堆与灵异相关的用词，或是纯属好奇地追问我各种细节，万万没想到他会说出如此体贴的客套话，因此全身便一口气放松了下来。

我含糊地开口，分不清到底算不算是回答。于是野崎莞尔一笑，非常爽快地说道：

"简单来说，您的意思是希望想办法解决那只妖怪吧？"

老实说，的确如此。但对方单刀直入地这么问，显得为此发愁的自己很愚蠢，害我不知道该如何回答。而且也感觉他断定我是个彻头彻尾相信妖怪或是灵异现象的人，这让我心里不大舒服。

"这个嘛，只要知道原因就好，也没有特别想怎么样……"

"您家中的监视器，在那之后有拍到什么可疑的人物吗？"

野崎一问便问到了重点。他完全没有做笔记，却似乎把我说过的话铭记在脑海。

"没有。"

"这样的话，我认为有可能是妖怪。世上真的有妖怪存在。"野崎不由分说地如此说道。

他说的话很清楚，但找不到立足点。与其说是可疑，不如说是没有办法以常识来沟通。令我难以掌握、推测出他是个什么样的人。

"怎么可能，太离谱了……"

"田原先生。"野崎脸上浮现出一抹讪笑开口道，"您若是打死不信怨灵、妖怪这类非科学的事情，就以科学的方式来处理好了。也就是加强保安系统、调查周边，还有稳定心神。去找专业人士、医师或治疗师咨询就好。要不然就**确实采取非科学性的对策**。优柔寡断是最不可取的行为。比如说间接询问外行的学者。"

我听出野崎是在挖苦我，便怫然不悦地望向他。他依然面带微笑，再次喝了一口冰咖啡："况且，那是田原先生您思想、立场上的问题，并非您家人的问题。消除家人的不安与未来可能会发生的危险，难道不是第一要务吗？"

"这种事我当然明白。"

"是吗?"野崎从口袋掏出香烟,叼在嘴里点火。

虽然不清楚他是个什么样的人,但至少能看出一点,他对我非常没有礼貌。

起初一脸诚恳的态度是我看错了吗?我一边思忖,一边瞪视着他,他便深深抽了一口烟,接着吐出烟雾说道:"不过,田原先生您倒是比那些只凭从电视上得来的知识,就全面肯定守护灵、灵气这些事情的家伙要好太多了。也比盲目相信科学的那种人要好得多。以待人处世来说,或许称得上是不好不坏。但是——"

他一本正经地望向我说道:"——这种模棱两可的态度,真琴可就不太喜欢喽。"

"真琴?"话题突然跳到别的方向,我只能重复话中提到的人名。

野崎拿出智能手机,再次浮现笑容说道:"是我的一个熟人,在做类似驱邪除魔的工作。我记得我也跟唐草先生提过她。您希望寻求这种人的帮助吧?从我收到电子邮件时,就知道您要找的不是我这个灵异撰稿人了。"

说完,他操作起他的手机。

大概是情非得已担任没什么赚头的协调人,让他心情不悦吧。

我想起自由职业者比较在意酬劳这一方面,心里有些过意不去,但完全没有平息对他无礼态度产生的恼火。

野崎叼着香烟,默默地玩了一会儿手机。我也沉默不语。

不久，他把烟屁股往小烟灰缸捻熄后问道："您接下来有事吗?"

"没有。"我回答。

他便苦笑道："事不宜迟，现在要不要去我那个朋友 ——真琴家? 从这里走过去大概十五分钟。我本来想叫她过来的，但她好像才刚刚起床。"

"好吧。"

继续跟他相对两无言也开心不起来，我答应后将手伸向账单。野崎却早一步用指尖拈起账单，开口道："这点钱我来出吧。"

他邪邪地笑着，走向门口的收银柜台。

出门后寒风刺骨，我竖起大衣的衣领，跟在野崎身后。

"您身上有被撕成碎片的护身符之类的照片吗?"野崎突然回头问我。

我回答没有，他又接着问道："那有部下受伤的照片吗?"

"为什么要问我这种事?"

我火大地说完，他一脸满不在乎地吐出白色气息回答："也没什么啦，只是想说如果有照片的话，就比较容易跟杂志谈条件。如果能提高预算，就犯不着为了几毛钱发愁，能够顺利进行下去了。"

几毛钱。听见这个用词，我心想，至少野崎对这个领域的好奇与关心是严谨认真的。

十一

来到早稻田大街附近后，他走进位于住宅区中央的老旧商住大楼，一阶一阶地爬上阴暗的阶梯。他那位名叫真琴的朋友，莫非在经营专门除妖的事务所吗？

"不是，是她自己家。其他楼层我是不知道，但她那里是普通的住房。五十平方米，卫浴干湿分离，月租五万。这租金在这一带何止是便宜，根本是破盘价。好像是因为她替这里的房东赶走附在其他房里的恶灵，才便宜租给她以示感谢的。"野崎踏着又重又响的脚步，嘻嘻笑道。

爬到四楼后，他按都不按电铃，就一把打开眼前的门。

我吃了一惊，只见他直接脱鞋，说了一句进来吧，便径自地往屋内走。

这样擅自进屋好吗？我小声说了句打扰了，便穿过幽暗的长廊。

一走进客厅，就亮起苍白的灯光。野崎松开日光灯的拉绳，大声说道："真琴，有客人来喽。"

我循着他的视线望去。

占据宽敞客厅几近一半面积的大床上，凌乱地散落着五颜六色的服装、布片、面纸盒，以及其他林林总总的物品。床中央隆起一块厚毛毯，里面好像有人。

毛毯蠢动着，慢慢伸出女人的小巧手脚。手指和脚趾都涂着黑色指甲油。右手的无名指戴着一只银色的粗戒指。

毛毯唰一声掀了开来，冒出一个荧光粉红色短发波波头、眼睛四周乌黑一片的年轻女性。穿着蓝色运动服，外加一件红色日式棉袄。

女性臭着一张脸仰望野崎，接着看向我。眼周之所以黑黑的，似乎是妆晕开了的关系。唇膏也掉了一半。

这就是真琴吗？说实在的，真看不出会除魔的样子。那么，看起来会除魔的人，外表又应该是什么模样呢？

即使对她的外表和自己的想法感到困惑，我还是想先打声招呼，而开口的瞬间——

"这位是我传 LINE 跟你提过的田原先生。他被妖怪盯上了，不知道该怎么办。"野崎简洁地替我说明。

"敝、敝姓田原。"我轻轻低头后，她"嗯"地发出呻吟，搔了搔她那粉红色的头，皱着脸，发出鼻音说道："我是比嘉真琴。啊，那个……"然后突然垂下头，接着说，"我去洗把脸。"

她站起来，低着头，摇摇晃晃地朝走廊走。比我矮一头，经过我身边时，散发出些许酒味。

"她宿醉啦，好像跟朋友喝到天亮。"野崎一副受不了她的样子说道。

这人真的可靠吗？我开始担心起来。

野崎劝我坐下，我抱着大衣坐在椅子上后，走廊那头便传来哗啦哗啦的水声。

当真琴一脸清爽，穿着窄管牛仔裤和深蓝色毛衣回来时，野崎早已从厨房准备好瓶装的绿茶和茶杯，放在床边的小桌上。她也没说什么，倒了几杯茶来喝。

关系似乎非常熟稔。搞不好两人正在交往。

真琴在床上盘腿坐下后，野崎便立刻坐到床边把我之前的遭遇告诉了她。

虽然归纳得很简洁，事情的来龙去脉和状况都解释得一清二楚。

我只要偶尔回答他问我的问题，补充固有名词和位置关系就好了。

真琴没有特别发出声音附和，默默地聆听野崎的说明。中途摇了几次头，晃动她那粉红色的发丝。

野崎解释完毕后，她叹了一大口气，抬起头看我。

真琴卸完妆的脸蛋，皮肤虽白，颧骨和眼形却有种南国少女的味道。整齐的眉毛四周有修眉的痕迹，原本应该是带有英气的浓眉吧。没有上妆却轮廓分明的脸庞，竟意外地与她艳丽的发色十分协调。

"事情就是这样。真琴，你有什么头绪吗？"

在野崎的催促下，她嘟起嘴，一脸不满地回答："嗯，算是有吧。"

"你真的有办法吗？"我不禁问道。光靠野崎的叙述，以及我几句话的补充，就能知道什么线索吗？就能对似乎盯上我和我家人的神秘存在有某种程度的理解吗？

真琴直视我的眼睛回答："我大概知道有什么对策，算是只要照着做，应该就能解决的那种方法。"

依旧不改她那不满的表情。

"那个方法是什么？究竟要怎么做 ——"

我一问，她便摇摇头说："我不知道，不清楚，也难以解释为什么。我笨头笨脑的，也没有事先调查过。"

"可、可是!"

"我能告诉你的，只是类似如果不想感冒就要保暖的这种道理而已。基本上没办法回答你为什么会感冒，感冒是什么?"

"那么……"

"田原先生，"野崎望向我，扬起单边嘴角笑道，"重点在于解除您家人的不安和危险吧?"

是没错啦。我心想。我并非是想要找出原因、明白自己为何被盯上，而只是想要保护家人。此时理不理解、领不领悟，或许根本早已无关紧要。

仔细想想，我以前也从来不曾想过，护身符和避邪符这类的物品是基于何种道理而产生效果、有所灵验的。恐怕也没有人能够说明吧。但我不也到处搜购，摆在家里吗?

野崎在咖啡厅所说的"确实采取非科学性的对策"这句话的意思，似乎稍微说进了我的心坎里。

"不过，完全一无所知的话，任谁都会感到郁闷不舒坦吧，就我所知的范围来解释的话……"

真琴将头偏向一边，沉默了片刻后回答："跟世间常提到的'附身'这种状况是不同的，那个叫什么来着的家伙。"

"你是指魄魖魔吗?"

"对。基本上是位于远方。"

"远方?"

"远方。"真琴重复我说的话，点头接着说，"我不确定是不是出于这个原因，当它每次从远方来时，怕自己抓错人，才会叫对方的名字。"

并非是莫名其妙的谬论，有一定的道理可循。

我感觉真琴所说的"郁闷不舒坦"的感觉逐渐变得淡薄。

"原来如此。那么，我究竟该怎么办才好？"

我一问，真琴便一脸伤脑筋地回答："**回家，对太太和孩子好一点。**"

"什么？"因为太出乎意料，我不禁发出声音，甚至从椅子上站起来。

她是把我当白痴，还是当我是冤大头啊？

大概两者都有吧。

我心中冒起一股无名火。连我自己都感觉到我的脸慢慢垮了下来。

真琴眉头深锁地望着我，更令我大为光火。

"你这是什么意思？以为我听完后会乖乖接受说'好，我知道了'吗？"我颤抖着声音说。

"我想这样它就不会来了哦。"真琴若无其事地直言。

"刚才那句话——不是特蕾莎修女的格言吗！虽然稍微修改过，但每个人都知道那句格言好吗！你以为用这句话就能骗到我吗！"我几乎全程咆哮地说。

她未上妆的脸露出目瞪口呆的表情，说道："是这样吗？"

"开、开什么玩——"

"真琴是说真的。"野崎低声说道，冷漠地凝视着我，"她不会耍心机说些好听的话，让人当场放心，或是感谢自己。她既没有学识，处世也不圆融。"

"喂。"

真琴表达不满，但野崎不予理会，直盯着我说道："既然这家伙这么说，您只要好好对待您的家人不就好了吗？这对您来说很困难吗？"

我越来越气愤，怒瞪野崎，紧紧抓着大衣说道："我本来打算准备谢礼的，但这种愚蠢的建议，恕不奉陪。告辞。"

野崎一脸无奈。

"我打从一开始就没打算收钱啊。"真琴说。

我望向她，她伸展背部，吐出意味深长的话语："好歹得做到像姐姐那样的等级，才有资格收钱吧。"

不过，我没打算继续深究下去。谁管她姐姐是谁。

我默默地穿过走廊，打开门，冲下楼梯，前往车站。

寒风吹在正处于气头上的我身上，非常舒服，但依然不减我对他们的怒气。

十二

我再次回到工作兼育儿的日常生活。进入新年度，香奈的身体状态仍旧不见好转，但还是尽责地照顾知纱。关心、留意妻女的日子虽然辛苦，但我始终毫不气馁地爱着她们。

完全不是出自听从比嘉真琴建议的心态，而是凭借自己的意志，善待香奈和知纱。

当然，事情并未因此一帆风顺。

　　遇到紧急状况时，爸爸更应该冷静应对。

　　知纱的头撞到桌角了。

　　流了血，号啕大哭。

　　妻子仓皇失措，这种时候必须要保持冷静才行。

　　我静下心，指示妻子处理伤口，打电话叫救护车，才没有酿成大祸。

　　在候诊室安抚妻子心慌意乱的情绪，也是身为丈夫的一大职责。

　　虽然自己还不成熟，但是一遇到女儿和家人的事，便会情绪激动，同时也逼自己要冷静思考。

　　行动利落得连自己也吃了一惊。

　　养育小孩要承受不小的压力，也会发生像这次的意外事故。

　　不过，从中获得的成就与充实感，是我继续坚持下去的动力。

　　我又开始到处购买护身符摆在家里了。可能是心理作用吧，感觉家里气氛欢快了一些。

　　但绝非每天欢乐愉悦、笑声不断。恰恰相反。

　　自从发生那件事以后，香奈情绪低落，别说笑容了，根本面无表情。

　　可能是受到香奈的影响吧，知纱清醒时非常乖巧；睡觉时则会突然哭起来。

我实在束手无策，曾经请妈妈从老家过来帮忙照顾知纱，但总不能老是拜托她吧。

进入五月，来到黄金周最后几天连假。

我们一家人没有外出旅行观光，只待在家，顶多到附近的公园游玩。因为我很疲累，香奈和知纱也没有特别想去哪里。

剩下的连假应该也会以同样的方式度过吧。

我觉得这样也无所谓。

午后的公园比平常人少，我把知纱放到攀爬架上，让她玩耍。天空一片厚厚的云层，天色昏暗，有些寒冷。

知纱的头叩的一声轻轻撞到攀爬架的金属杆，一副快要哭出来的样子。我拼命安抚她，她还是忍不住放声大哭。

我抚摸着她的头，抱她哄她，知纱仍哭个不停。

"不哭、不哭。"我强颜欢笑，心里不知如何是好，周围突然一阵吵闹。眼角余光看见几个小孩往公园入口相反方向跑去。

我望向入口处，吓了一跳。抱住知纱的手不禁加强力道，连忙放松。

许多鸽子群聚在一起，挤满公园地面。目测不下三十只。鸽群看似各自行动，整体却朝公园内部，我们的所在之处移动，仿佛是移动的灰色地毯。

鸽群中央有人。是流浪汉在喂鸽子吗？真是扰人，我瞬间如此心想，却再次吃了一惊。

贴身的连帽运动服、黑色牛仔裤。手脚细长，个子娇小。

荧光粉红的短波波头，在灰色鸽群和单色服装的衬托下，特别醒目。

是比嘉真琴。

她带领着鸽群，朝这里接近。

野崎放轻脚步，走在她身旁。

鸽群咕咕叫的声响越来越吵闹，真琴和野崎在其他亲子、孩子群和老人们的远远围观下，于我们数米外的地方停下脚步。

知纱不知不觉停止哭泣，在我怀中兴致勃勃地盯着覆盖周围地面的鸽群看。

"你好。"真琴面带微笑地说道。与在她家见面时不同，妆容完整。利用睫毛膏和眼影，强调出她的大眼睛。眉毛也画得十分细致。

"……你们怎么会知道我在这里？"我东想西想，还是决定先这么问。我不记得告诉过野崎我住哪里。

"我听唐草先生说您住在上井草。我有其他事情联络他，就顺便问他您住哪里。"野崎边说边瞪视他脚边的鸽群。

"之后就凭直觉找到了你。"真琴接着说。

应该先问找我有什么事吧。他们肯定有事找我。

不过，我更好奇的是——

"这群鸽子是……怎、怎么回事？"面对眼前的滑稽状况，我忍住不让嘴角上扬，开口询问。我在意周围人群的视线，也想着如果有事找我的话，快点解决就好，但还是不禁问出口。

"经常会这样。"真琴一脸尴尬地耸了耸肩说道，"所以我才不太想在白天出门，但又迫不得已必须来找你。"

"为什么？"

"算是心里有一个疙瘩吧。觉得自己说不出个所以然，又给出了自以为是的建议，似乎不太妥当。"

她将视线移向我的胸口，望着知纱。女儿手抵着嘴巴，目不转睛地盯着眼前粉红色头发的女人。

"那、那么……"我调整抱女儿的姿势说道，"你会具体做些什么事吗？像是除魔之类的……"

"不会。"回答的是野崎。他站得直挺挺的，看着我和知纱，似乎放弃理会纠缠在他脚踝的鸽子。

"真琴已经说过你回家后应该怎么做了吧？"

我想起那天的事，怒火在心中点燃的瞬间，真琴开口："所以，我也打算善待她们。"

"什么？"

"就是，对田原先生你的太太跟孩子好一点。"

我完全听不懂她这句话是什么意思。鸽群的叫声很吵，它们不知不觉包围住我和知纱，"咕噜咕噜"此起彼落地叫着，在我们四周到处徘徊。

"真琴提出想跟田原先生您见面，调查是否需要除魔，若有需要，等调查过后再进行。所以我们就过来了。抱歉没有事先跟您约好。"野崎一本正经地低下头。

真琴也微微行了一个礼。

　　我这才理解状况。当然，我还是有不明白的地方，也对突然提出的要求感到不知所措。

　　况且，我也没打算给这对只见过一次、来历不明的失礼男女好脸色看。

　　然而——

　　"……粉红。"知纱伸出她的小手，以笨拙的手势指着真琴。

　　真琴顿时愣了一下，随后抓着自己的头发笑道："没错。我是粉红姐姐哟！"

　　知纱也"呵呵呵"地笑了。

　　片刻过后，我才发现自己看见女儿这副模样而松了一口气。

　　真琴用双手抓起两把自己的头发说"粉红兔兔"，做出斗鸡眼龇出门牙后，知纱便笑呵呵地拍拍手。

　　看见她的姿态，我不禁莞尔一笑。

　　"万分抱歉，但我们能否到您府上叨扰一下呢？"野崎说。然后再次一脸厌烦地用脚驱赶鸽群。

　　面对突如其来的请求，我不知所措。

　　"当然同时也会进行调查，并非只是上门做客。拜托您了。"他再次低头恳求。

　　随后真琴也面带笑容接着请求："拜托您。"

　　野崎和真琴是真心看待我和我家人的困难，我心里如此想道。

　　我前几天对他们的愤怒似乎缓和了，并且逐渐消退。

我带领他们前往家中。

十三

每周六或周日的下午到傍晚这段时间，真琴和野崎会到家里来玩。野崎再三强调他们来访的目的是调查，听得我都烦了，但客观来说，他们——尤其是真琴，看起来就是在玩。

我并非对此感到不满，反而在不知不觉间欢迎他们上门做客。

因为香奈和知纱似乎很开心他们的来访。

知纱变得活泼爱笑，令人庆幸，而看见香奈与真琴谈天说笑的模样，更是令我安心不已。

算是一种疗效吗？我不懂专业知识，但妻子肯定是因为有家人以外的对象可以聊天，才恢复精神的吧。我不禁如此想道。

真琴似乎很喜欢小孩，不论是两岁幼童支离破碎的话语，还是自己设定玩玩具的奇妙规则，她都能自然开心地融入其中，经常一起欢笑。

野崎有时会带笔记本电脑过来，观察我家四周和室内的状况，问我和香奈一些问题，同时打字。他一副对小孩没什么兴趣的样子，甚至还散发出讨厌小孩的气息，但有时真琴邀他加入，他还是会心不甘情不愿地跟知纱三人一起玩耍。

有时野崎没有同行，只有真琴自己一个人来。据说他是有采访工作。撰稿人没有周末的概念看来是事实，但我偶尔会想，他搞不好只是陪真琴，其实根本不想来我们家。

不过——

"不是我做的，是野崎。"

当真琴打开保鲜盒，拿出扎实的布朗尼时，我和香奈都大感意外地说不出话来。布朗尼不会过甜，浓厚又好吃。

隔周，我向和真琴一同来访的野崎道谢后，他只扬起嘴角一笑，立刻开始报告以往的调查结果。

野崎也寻求唐草的帮助，对魃魑魔进行了一番研究。令人吃惊的是，他好像还见了《传教士的足迹》作者濑尾恭一的遗属。我不得不对他认真的态度感到钦佩，同时也抱有感谢之情。

不过，对魃魑魔的了解也仅沧海一粟，顶多只是找到些许学问与历史上的资料，不清楚具体的击退方式。

"既然不清楚它的底细，'不让它靠近'可能是最妥当的对策呢。实际上，最近好像也没再找上门了。"

七月初旬，身穿黑色 POLO 衫的野崎如此说后，望向我身后。那是一块挂着我再次收集而来的十个护身符的软木板。

日渐炎热的星期日午后，野崎坐在餐桌前，我和香奈则坐在他对面。

知纱和真琴在客厅的电视与沙发之间的一块空地上堆积木玩。一块一块往上堆，正在做城堡之类的东西。

"这种事情，经常发生吗？"香奈问道。

　　由于真琴他们开始登门拜访，事情难以继续隐瞒，我便向她大致说明了有关魄魅魔的事。香奈虽然心存怀疑，但毕竟亲身体验过护身符和电话事件，尽管并非完全接受，还是姑且相信这世上有某种不能以常识判断的、来历不明的东西存在。

　　"不好说呢。"野崎模棱两可地说。当我和香奈感到困惑时，他脸上浮现嘲讽的笑容开口道："诡异的事，在大多数的状况下只是不足道的事情。人们通常只停留在'这世上也有这种奇怪的事呢'这种感想，便不再深究。几乎没有人会因为好奇而立刻展开调查。有无数的证言，却不知道真相。根本不可能事后去证实究竟是单纯的偶然，还是跟灵异现象有关。"

　　野崎停顿了一下，接着说："就这种意义而言，可说是'经常发生'。不过，若是只限于这种长期、方向性有某种程度的一致，而且牵扯到民俗学的例子的话，可说是'少之又少'。不知道这样有没有回答您提出的问题。"

　　香奈含糊地回应后沉默不语。我轻轻抚上她的肩。

　　这时突然响起咔啦咔啦声，我望向客厅。

　　积木倒塌。真琴在客厅中央双手着地，僵硬不动。

　　她穿着英文字母的白色印花 T 恤和深蓝色百慕大短裤，娇小纤瘦的身躯不断颤抖着。她缓缓望向这里，脸色铁青。

　　片刻过后，知纱开始哇哇大哭。

　　"怎么了？"

　　野崎离开座位，一个箭步冲向真琴。香奈小跑着抱起知纱来哄。我站起来了，但无事可做，只能一一环视每个人的脸庞。

"真琴。"野崎一把抓住她的肩膀。

真琴像是现在才回过神似的望向野崎，然后慢慢转头望向玄关的方向，轻声说道："不会吧……"

到底发生什么事了？我在屋内响起的知纱的哭声与香奈哄小孩的声音中，目不转睛地注视着真琴的一举一动。

"说明一下。"

可能是没听见野崎的声音吧，真琴一直盯着玄关的方向。一双大眼睁得更大，嘴巴也紧闭好几次，她倒抽了一口气开口："怎么办……怎么办……"

"到底是怎么回事，说清楚一点。"野崎不断摇晃她的肩膀。

真琴惊醒过来，将脸凑近野崎，"要……要是**那种东西**……"挤出声音说，"那种东西来的话，我、我……"似乎涂了唇膏的嘴唇变成青紫色，全身僵硬紧绷。

真琴惊慌失措。不对，明显是恐惧。

"你感受到那个 —— 妖怪了吗？"野崎说。

与其说是在问真琴，听起来更像是在向我和香奈解释她之所以会有此举的理由。

真琴望向野崎的双眼，微微抽动着头部。

她在点头。

她肯定是以灵感或者第六感这类的能力，清清楚楚体认到那东西的存在了吧。

为何会在这个时间点？

不用想也知道，疑问立刻联结到一个假设。而且是几乎接近确定的假设。

那东西**找**上门了。

位于远方，来自西方的妖怪——魄魑魔来了。

来到真琴——好比是天线能接收的范围内。

当我想走向香奈和知纱时，传来啪叽的干裂声。

我循声望去，"啊！"的轻声惊叫了一下。

软木板上最右边的一个护身符从正中间拦腰裂开。

不对——是正要裂开。

护身符在我们的注视下摇晃，布料啪叽啪叽地断裂，红线与白线的纤维飞散开来。眼看着裂痕越裂越大，露出里面的符纸。符纸也快要四分五裂。

啪哩一声巨响，整个护身符裂成两半。下半部咚地笔直往地板掉落。

紧接着又发出撕裂声。

隔壁的护身符袋裂出一道小缝。

啪叽。隔壁的护身符也裂开。

啪叽。再隔壁的护身符也发生同样的状况。

其余的九个护身符全部开始垂直、横向、斜向地绽开。

香奈轻声惊叫，向后退，背部撞上阳台的窗户。

知纱放声大哭。

这也难怪。在这种状况下，我竟然莫名地能理解她们的行为。因为那时——去年秋天发生的事，再次重现眼前，唤起了她们的记忆和情绪。她们会害怕得发抖也是理所当然。

野崎走出厨房。他是什么时间跑去厨房的？在我如此思忖的下一瞬间，他将手上的东西用力扔向软木板。白色结晶碰到墙壁、软木板与护身符，啪啦啪啦四散而开。

是盐。谁都明白这东西能驱邪。

根本不用确认有没有效果。

啪叽啪叽啪叽啪叽，声音连续作响。护身符袋接连破裂。

"呀！"

香奈抱着知纱尖叫，双脚瘫软，跌坐在地。知纱越哭越凄厉。

"真琴！"野崎回头怒吼。

她依然跪趴在地，但眼神却与刚才截然不同，坚定地望着野崎和软木板。

她的额头和脸颊大汗淋漓，汗光闪闪。有几根粉红发丝紧贴着脸颊。

真琴咬紧牙关，眉头深锁，痛苦地喘息着轻声说道："我在做了。"

她缓缓站起，将右手置于胸前，用左手触碰戒指。

闭上双眼，嘴唇微微翕动，念念有词。

砰的一声，两个护身符同时爆裂。

真琴面向玄关。摆出架势的双手苍白不已，看得出正在用力。

"别过来……千万别过来。"她痛苦地喘息，如此低喃。

随后响起纤维撕裂的声音。

护身符快要撑不住了。真琴的驱魔也没有效果，来了——

在我这样想的瞬间，空气突然为之一变。

屋内飘散的紧张情绪消失无踪。知纱还在继续哭泣，但原本害怕的香奈已回过神，连忙安抚女儿。

护身符破裂的声音也戛然而止。

不久后，真琴慢慢放松姿势，双手无力地垂下——

"目前算是回去了。"她发出微弱的声音说道。

我当然无法安心。亲眼看到超出常理的现象，怎么可能立刻恢复平静。

假如下一瞬间又响起护身符破裂的声音——

或是响起门铃、电话声。

铃铃铃铃铃铃铃，我吓得打了一个哆嗦。香奈发出不成声的惊叫，快要停止哭泣的知纱又哭了起来。

不是家里的电话，铃声不同。

也不是我的智能手机。那么——

真琴从口袋拿出正在闪烁的白色手机。

宽大的液晶屏幕中央显示出"未知来电"。

真琴触碰屏幕，抵在耳边一会儿后——

"咦，姐——姐姐？"做出难以置信般的回答。

直接在客厅的角落，面向电视侧面讲电话。事情发展得太快，我头脑转不过来，情绪也跟不上。我看着茫然若失、缩起身体讲电话的真琴。只听见她说了"一位姓田原的人"。

真琴抬起头，缓缓经过我身边，将手机放到餐桌上。表情疲惫不堪又带点安心的模样。

她以指尖敲打液晶屏幕，手机的扬声器响起沙沙声。

"田原先生 —— 在吗?"一道平静而强劲的女声通过扬声器，响彻整个室内。

"仕，我就是。"

我不好拿起手机抵在耳边听，只好朝半空中惴惴不安地回答，对方停顿了片刻开口:"您好，我是比嘉真琴的姐姐。舍妹平常承蒙您照顾了。"

初次见面时，真琴提到的"姐姐"，指的真的是亲姐姐。不过，她为何在这种时候要求与我通话?

"基于一些理由，我不方便报上姓名。"真琴的姐姐说到这里，顿了一下，接着说，"我就单刀直入说了，**那个东西**相当麻烦，我希望能尽一份绵薄之力，才冒昧与您通电话。"

野崎在真琴身旁低声细语。真琴无力地点了点头。

我听懂了这句话的含义。她十分清楚我们身处何种状况。

不过 ——

"请问，您从事的是……"

"不好意思，我自我介绍得太简洁了呢。"她说。明明没有听见笑声，我却觉得她似乎温柔地莞尔一笑。

知纱停止哭泣。我望向她，发现她在香奈的怀中，眼眶噙泪、抽抽噎噎地凝视着桌上的手机。

"我和真琴 ——"声音从手机响起，"拥有特殊的能力和技术，对加害、迷惑人类之物，能够被除、平定或是驱逐。就是通常被称为灵媒、巫师、巫女这类的人物。我与真琴因为这种能力而心灵相通，多少感应到刚才的状况，因此决定打电话给真琴。这段话，您是否听明白了呢？"

这段话若是在电视特别节目或网络报道上看见，我肯定会嗤之以鼻，左耳进右耳出，看过就算了。不过，她平静有力的嗓音和流畅的说话方式意外地有说服力，令我自然而然地点头称是。

"听、听明白了。"

"谢谢您。"

沉默。当我在脑海想象着她在电话另一头低头道谢的光景时——

"我从小就与俗称'怨灵''妖怪'的这类存在对抗过无数次。以我多年的经验来说——"她呼吸了一下，接着说，"试图接近您的东西，极为凶恶。"

可以听见香奈微微倒抽了一口气。

"而且非常执着，想必您应该也有头绪。"

"是的。"

"再加上它极其难对付，凭真琴一人是束手无策的。"

我瞥了一眼真琴。被姐姐一口断定的妹妹，低垂着头，咬着嘴唇。

我曾在新闻报道上听说过，有不良商人会故意引起客人的不安，让客人害怕，进而想要购买商品来消灾解厄，这是他们一贯的手法。她说的话也足以撼动我的心，令我战栗不已。

不过，我却丝毫没有对她怀抱不信任和警戒心。如果说这就是他们的手法，我也无话可说。但她的话听起来很有可信度，值得信赖。

我抱着抓住救命稻草的心态对她说："那、那么，请你——务必帮我驱邪。"

"很遗憾，我无法帮您驱邪。"她以一贯的口吻说道，"因为我无法立刻拜访府上。"

我感觉像是被抛弃了一样，哑然无言。真琴在墙边一脸忧伤地望着天花板。

"不过，"她的声音响起，"我认识几个应该能帮上您的人。他们经验与知识都很丰富，也很有能力。而且——"

"而且什么？"

"只要说是我介绍的，他们应该会免费帮您。"

突然冒出金钱的话题，我头脑一片混乱。她可能是幽默地想要缓和现场的气氛，但说话语气又很冷静，搞不好并非在说笑。我沉默不语，于是她呼唤妹妹的名字："真琴。"

真琴吓了一跳回答："干吗？"

"你的做法没有错。通常我也会那么做，只是——"她以有别于与我说话时的口吻，语带叹息地说道，"——对手是**那个东西**的话。"

真琴娇小的身躯颤抖了一下。

我望向显示四点的时钟。略微西斜的阳光照射着整个房间。天色还很明亮，离日落时分尚早。

如此理所当然的事，当时的我却难以置信。

十四

两天后的午休时间，我接到野崎的来电。

他说已经联络过其中一名真琴姐姐所提到的"应该能帮上忙的人"。

"事情越快处理越好吧。刚好我最近有一本杂志停刊，闲得很。"野崎通过手机话筒如此说道，但我却暗自窃喜。有好几个人能够帮助我，应该说是帮助香奈和知纱，令我心存感激。

据说对方是兵库县山寺的一位赫赫有名的住持。一搬出真琴姐姐的名字，他便一口允诺要过来。这令我万分感激。

周六早上，我坐上野崎租来的车，前往羽田机场。

从高速公路上望着东京的街景，我脑海中浮现起那天的外公外婆家、外公皱巴巴的脸、外婆疲惫的脸、香奈害怕的脸、知纱哭泣的脸等各种事情。

不可思议、不安、骇人的事。

一切都即将画上句点。

"回去了？"野崎对着手机，错愕地说道。

搭乘的班机抵达机场后过了两个小时，住持依然没有现身，也联络不上。我们回到停在机场前路边的车上，野崎再次拨打电话，得到了这样的回复。

我望向驾驶座上的野崎。他与我对望后，立刻将手机切换成外放模式。

"没想到啊。"一道精力充沛的老人声，在开了空调还是闷热不已的车内响起。

"没想到什么?"野崎声音中带着急躁问道。

手机传来舔嘴唇的声音:"我是说,没想到你们面对的是那种对手啊。"

"什么意思?"我说。

"贫僧一抵达机场便感应到了。**那不是我应付得来的对手**。"住持若无其事地回答。

"可是,比嘉小姐——"

住持打断野崎说道:"就算是比嘉小姐介绍的,这次贫僧也无可奈何啊。我也不想送命,不能因为贫僧身为方丈,就以为贫僧愿意牺牲小我啊。"

野崎故意大声冷冷地哼了一下,问道:"这次的事情真的那么棘手吗?"

细小的咕哝声后,特别洪亮的声音响起:"你们到现在还在说这种**蠢**话吗?那种**麻烦**的东西,不去召唤的话,它是不会找上门的。"住持扔下这句话后,就切断了通话。

"不去召唤,就不会找上门?"

野崎将手移到嘴边,眉头深锁地望向我。

我歪了歪头。至少我没听懂住持这句话的含义。

回程的路上,我和野崎几乎没有说话。

据野崎说,真琴的姐姐介绍的人物,一共有五人。

第一位的住持就这样以令人费解的形式拒绝了帮忙。

第二位、第三位、第四位也无法跟本人见上面。

这三人即使野崎打电话、传电子邮件,都杳无消息。

"大概是怕了吧。"

野崎在阳台苦着一张脸抽着烟，嘴角浮现出嘲讽的笑容。

理应是这方面长久修炼、经验老到的专家，却全都拒绝了我们。这个事实让我再次体认到魑魅魔深不可测的恐怖，也印证了它拥有强大的力量。

八月尾声的平日傍晚。

我和野崎在吉祥寺一家老派寒酸的咖啡厅窗边座位并肩而坐。

"我到现在还无法相信……"野崎低喃道，指尖摆弄着冰咖啡的吸管，一口未动。即使佯装平静，还是能明显看出他情绪亢奋。

午后，野崎突然打电话约我出来，我硬是向公司请了半天假。

先回家一趟后，发现野崎和真琴在家里等我。在他们的催促下，我换上便服，跟着野崎外出。

据他所说，第五位——也就是最后一位人物，是灵异界大名鼎鼎的业余灵媒师。但是过去二十年来一律拒绝在媒体出镜，也不与媒体相关人员接触。最近甚至开始有人怀疑天底下是否真的有这位人物存在。

在搭公交车和电车来到咖啡厅的途中，以及进店坐下后，野崎都以比平常还要快的说话速度，滔滔不绝地讲述这位人物的种种丰功伟业和逸事。

约定的五点半一到，那位人物——逢坂势津子便出现在我们面前。

"比嘉小姐——我是说姐姐，我是在高中时期认识她的。不管我说什么，她都笑也不笑，我一开始还以为她是个怪人呢。不过，她其实脑子有点短路，一本正经地语出惊人，我都被她吓得心惊肉跳……"

逢坂是位丰腴的中年女性，个性活泼，经常哈哈大笑，声音低沉，很爱说话。

野崎一开始很错愕，算是愣住吧，但立刻又恢复平常的从容态度，在逢坂滔滔不绝的闲聊空当中，看准时机插嘴说明这次事件的梗概。一如往常，我几乎不需要再做说明。

逢坂是个普通的家庭主妇，有三个小孩，丈夫是上班族。她瞒着家人当灵媒，逢坂势津子这个名字也是假名。

"就是啊，有一部美国电影里面说，能力越强，后面那句话是什么来着？话都到嘴边了，就是想不起来。"

"您是在说蜘蛛侠吗？"

"啊哈哈哈哈哈！对啦！那是我的主义，算是方针吧。原来美国人当中也有这样的人存在啊。我跟儿子看这部电影时，深受感动呢。"

"我认为您比他更了不起呢。我知道您的事迹。"

"哎呀，是吗？感觉很不好意思呢。"逢坂在面前扇了扇自己厚实的手掌。

当时间来到六点半，外头暮色苍茫时，话题终于进入正题。

"我不是随随便便揽下这件事的，我知道很危险。"逢坂圆圆的脸上浮现柔和的笑容说道。

"可是啊，搞不好有我能帮上忙的地方。就算帮不上忙，我也会尽我所能。我一向都是抱持着这种想法走过来的，这次也是一样。"

"非——非常感谢您愿意帮忙。"

我低头道谢后，"不用谢、不用谢。"她挥了挥手回答，"而且呀，这间店该怎么说呢？就像自己的场所一样。叫什么来着？不是房子……"

"您是指家吗？"

"对。这家店好像只有熟客会来，但大家都很沉着安静对吧。这里很舒服，所以正好能集中精神。"

逢坂眯起眼睛望向店内，我也跟着重新张望。顶多三十平方米，采取间接照明的小厅堂。五张桌席、五人座吧台席，坐的几乎都是中老年的单独客人，各自读书或抽烟。

"您说集中——"野崎突然说道，他将身体微微向前倾，压低声音，"该不会是……"

"没错，**马上就要来了**。"逢坂点头。嘴角保持微笑，眼神却很严肃。

我绷紧全身。店里播放的爵士乐流淌在我们之间。

"请问田原先生是哪位客人？"

上方响起低沉的嗓音，我抬起头。一名戴着眼镜、头发髭须花白，看似店长的中年男子站到我们的桌位前。

"我是。"我如此答道。

他递出一张纸条告知："有您的电话。"用手指示位于吧台角落的黑色电话，而后迈步离开。

我摊开对折的纸条。素色的纸张上，以蓝色的墨水写着：

田原先生

志津来电

关于知纱一事

在打开纸条阅读前，我就已经做好某种程度的心理准备了。当然有一部分原因是逢坂的事先告知，另一方面是我也渐渐掌握它是以什么手法呼唤、蛊惑人的。

不过，过世外婆和两岁女儿的名字像这样一起在眼前出现，我根本无法保持冷静。当我擦拭不知不觉沿着下巴流下的汗水时，逢坂说："只是听电话的话，不会有事。"方才爽朗的表情已从她脸上完全褪去。

"别回答就好。将话筒抵在耳朵上，只听不说。如此一来——"逢坂声音沙哑，一口喝光玻璃杯里的水接着说，"在它一直说话的期间，应该会露出破绽——让我有机会封印的破绽。"她以强劲的视线望着我，"我留在这里观察那家伙。集中精神，等待时机。"

我点头，站起身。

野崎也同时站起来。

看我一脸困惑，他便拿出类似耳塞式耳机和随身音乐播放器的东西，扬起嘴角说："这种求之不得的证据，怎么能不录下来呢？"

我扬起右嘴角挤出一个笑容，走向吧台。

我与野崎站在电话前。黑色电话。外公外婆家也是这种电话。

我拿起放在一旁的沉甸甸的话筒。

野崎将耳机般的物品装在话筒上，另一端则塞进自己耳里，以眼神催促我。耳机连接着他手中的录音器。

我将话筒慢慢贴近耳朵。

当然没打算说"喂?"这类的话。我还没有惊慌到不小心脱口而出。不过，我却在不知不觉间紧闭双唇。

说是噪声倒显得太安静，但并非静谧无声。勉强能感觉到有细微的声音从话筒的另一端"沙沙沙沙……"地轻抚鼓膜。

我竖耳聆听。于是——

"……唔……在外面吃……过了……哟……"

从远方传来声音，断断续续的听不清楚——

是**男人的声音**。

这是怎么回事? 我过去听见的两次，都是女人的声音。不过，野崎称为妖怪的非人存在，或许没有性别之分。搞不好男女的声音都能发出。

唐草也说过。**坊伪魔**和**抚伪女**有被认为是女性的说法，但也有并非如此的说法。

Bogeyman 是没有形体的。

当我如此思考时，刚才传来的微弱杂音戛然而止。

下一瞬间——

"……意想不到呗……现在才来接人，不觉得太晚了吗？"

耳边传来一道虚弱却带着挑衅与嘲讽的老人声音。

听不懂他在说什么，但是声音听起来很熟悉。

不对。这声音我小时候确实听到过。

记忆的浪潮一涌而上，当我头脑一片混乱时——

"拜托。咱一直在忍耐。忍了好几年、好几十年才活到现在。可是为啥、为啥要连咱……"

这次传来听起来像是老婆婆在哭着哀求的声音。

这声音也很耳熟。一股怀念的感情油然而生，又一闪而逝。

因为她从未对我这样说过话。

刚才理应擦掉的汗，再次沿着下巴流下。全身冰冷发麻。

我能感受到野崎歪了歪头。

"这是？"他问。

我瞥了一眼旁边，轻轻点头回答："我……**外公外婆**的声音。"

野崎眉头深锁。

"营业部的田原是吧。请稍等一下……知纱的事？只要跟田原这么说，他就知道了吗……好的，我明白了……不好意思，您的大名是……"

一道活力旺盛的男声从话筒传进我的耳朵。

是高梨的声音。

我一阵晕眩，话筒沉重如石。

这些声音意味着一件事。

没有确切的证据，也可能是人工制造出来的。但我只能这么想。

那就是——**魄魕魔**正在用我的亲人和朋友的声音说话。

有人拍了拍我的肩膀，我连忙回过头。

野崎用手指按住单边耳机，轻声问道："之前发生过这种事吗？"

我立刻摇头否定："这是第一次遇到……而且完全搞不清是怎么回事……"

"我也是。这不是在呼唤你，而是有其他的意图。"

"其他意图？"

"只能这么想了。"

"可是……"

当我正想提问时，话筒再次传来微弱的声音。

"……没有开门……那是啥？"

是小孩的声音，畏惧、困惑与紧张的声音。

尚未变声的少年声音。

想忘也忘不掉，那天那时，在那个家中发出的声音。

我双手抓住话筒。

"是骚扰电话啦。我在公司也接到过。大概是遭人怨恨了。"

男人的声音。

装作一副受够了的样子，借以掩饰的声音。

"吵死了！不过是生了一个孩子，有什么好嚣张的！"

同样的声音大声怒吼。

惊慌失措、竭尽全力地虚张声势、辱骂别人的声音。

不对——不是"别人"。

那是对谁说出的话，又是从谁的口中吐出的，我早一清二楚。

"不是的，这是——"

当我转头说到这里时，"田原先生。"野崎打断我，眼神冷漠地望着我，不带任何情绪地低声说，"我一点都不觉得惊讶，也不觉得奇怪。**早就猜想到可能是这么回事了。**真琴一开始就提醒过您。"

不是的。

我想要反驳，却发不出声音。

怎么能只靠一句话就擅自解读。

对话是有来龙去脉的。

我想要尽我所能地照顾香奈和知纱——

当我汇整零散的思考，挑选用词时，野崎若无其事地问道："电话没有再说什么了吗？"

我再次集中精神聆听，又传来微弱的杂音。

我们身后响起有人拉开椅子的声音、茶匙碰撞的声音。

店内播放的爵士乐。

店门铃铛叮啷叮啷响起的声音。

液体滴滴答答滴落的声音。

咻咻的破风声。

"喂，那位太太！"

突然响起一道老人嘶哑的声音，我和野崎同时回头。

店里的所有人全都望向我们之前所坐的窗边座位。有几人站了起来，有几人则是直起腰。

我循着他们的视线望去，立刻"噫!"地轻声惊叫。

窗边的桌位上，逢坂表情空洞地倚靠在椅子上。

那张圆脸苍白不已，嘴不雅地半开着。

身体的一半濡湿成黑红色，桌面也充满红色液体，黏稠闪光。

她的右手臂掉落在脚边。

逢坂势津子整只右手臂被切断，奄奄一息地坐在椅子上。

铿锵一声，我回过神。

野崎将话筒挂回黑色电话主机，又立刻拿起快速拨着转盘，拨了119。

坐在店内侧的中年男子，捂着嘴冲进厕所。

一位矮个儿老人，动作敏捷地跑向逢坂。

随后一名年轻女店员拿着大量的湿毛巾奔出吧台。

我在陷入恐慌的狭小店内，拼命动着不听使唤的双腿，与人相撞，来到逢坂身边。

客人与店员合力抱起逢坂血淋淋的身体，试图将她平放到地板上。即使在间接照明的灯光下，也能看出她的脸色越发苍白。

对面突然有东西动了一下，我抬起视线。

看见一张女人的脸从昏暗的窗外窥视这里。

我这样想的瞬间，那张脸便缩了回去，消失在黑暗中。

黑发，白面，形体不明。

只是，脸庞的下半部——嘴角和下巴，明显染上一片通红。

我顿时恍然大悟。

逢坂的手是**被咬断**的。

我想起在公司一楼，衬衫一片鲜红，蹲坐在地的高梨。

想起瘦成皮包骨，坐在病床上的他。

以及粗暴地拉上病房窗帘的、宛如枯木的手。

喧嚣闯入耳中，我将视线移回店内。

野崎在不知不觉间加入顾客之间，帮忙照料逢坂。

我连忙靠近横躺在地的她，跪在野崎旁边。

他察觉到我的存在，按着逢坂伤口上早已染红的浴巾说道："它好像学聪明了。"

女店员从吧台内部拿来一堆毛巾，扔到地板上。我随便抓了几条递给野崎，开口道："故意把我们的注意力导向电话，然后……"

野崎点点头，抵起嘴唇，"我们**上当了**。"说着将新的毛巾按压到逢坂的身上。

逢坂突然举起残余的左手，颤抖着被血弄脏的粗白手指指向我。

我看着她的脸，她的眼神呆滞，视线不定，已经看不到我了。

"田……原先生……"

短短的指尖逼近我眼前，我战战兢兢地握住她的手。

逢坂吐着微弱的气息开口："您……您的家人。"如此说完，便闭上双眼，开始微微抽搐起来。

人群骚动。野崎对什么人说："我陪她去医院。"

"田原先生！所以你 ——"

我站起来，不等野崎把话说完，便推开散乱的桌椅，冲出咖啡厅。

外面的天色已完全变暗。

我想起刚才从窗户看见的光景。女人赤白的脸。

那张我目睹的瞬间便消失于黑暗中的脸。

我朝着大马路狂奔。

踏着水泥道路前进，现在才回过神来。

那张脸不是消失，也并非离去。

而是前往 —— 前往我家，去找我的家人。

不只电话，咬断逢坂的手臂也是为了声东击西。

我怎么能让它得逞！

我一边奔跑，一边拿出手机。

选择自家的号码，按下通话键。

铃声响到第五次时，"喂?"香奈接起电话。

"香奈，马上带着知纱出门。"

"咦?"

"最好有真琴小姐陪同。"

"等一下，为什么 ——"

"去我老家。新干线还开着，知纱状况允许的话，搭飞机也没关系。"

"这么突然?"

"照做就是了!"

路人同时望向大吼的我。

不知不觉来到大马路上。许多车亮着车灯,从我眼前呼啸而过。

我发现远处有一辆出租车驶来,用力地挥了挥手。

"你不说明的话——"

"它——那家伙去我们家了!"

"可是,没跟你老家打声招呼就随便跑去……"

"那根本不重要好吗!"我大声咆哮,能感受到香奈在电话那头被我吓得畏缩,"走得越远越好。去饭店还是你朋友家都好,立刻离开家里!"

出租车在我面前悠然停下。我用手撬开慢慢打开到一半的车门,一屁股坐进后座,告诉司机自家的住址。

当我将背部靠上白色座位时——

"我是真琴——**那个东西**正在往这里靠近吗?"蕴含紧张的声音从手机传来。

"没错。逢坂太太是这么说的。她、她——受了重伤。"

"怎么会。"真琴倒抽了一口气。

"是真的。转眼之间就被、被攻击了……所以……"

"我明白了。我带她们两人,你老家是在京都对吗?"她压抑住感情,以冷静的声音如此说道。

"对。我不知道它移动的速度有多快,这一点,你恐怕比、比我还清楚。"

"我们立刻出门。"真琴立刻回答,"我也会通知我姐姐。她虽然没办法来这里,但我想她一定会帮我和您。"

"麻烦你了。"

带香奈和知纱到安全的场所。如果发生什么事,请保护她们两人。

我将所有的希望、要求和恳求,都包含在这句话中。

"您打算怎么办?"真琴问道。

对啊,我没有想过这个问题。急着搭出租车赶回家,在回家前先让家人离开家里,我回到空无一人的家中,到底要干什么?

我慌了手脚,仓皇无措。

拼命努力让自己镇静下来,胡乱搔了搔头发——

"回家。收拾行李,把重要的东西带走,再立刻出门。所以,你们马上去我老家吧。我随后就跟上。"

好不容易想出妥当的应对。

"我知道了。那我们马上出门。等您联络。"

切断通话。不知不觉中,我在车后座正中间略微欠起了身。通过后视镜,发现司机露出一副觉得厌烦的眼神。

我整个人往后靠在椅背上。

出租车行驶的速度慢得令人惊愕。我忍住想质问司机是否真的开往上井草我家的冲动,眺望窗外。

哔哔哔哔哔。我的手机响起,在手中振动。

屏幕显示"未知来电"的文字。

真琴刚才所说的话掠过我的脑海。

我想起她的白色手机在自己家中响起时的情景。

我按下通话键，将手机贴近耳朵。

"我是真琴的姐姐。您是田原先生吗?"话筒传来富有穿透力，冷静又带点温柔的声音。

"我是。"我回答。

"幸好赶上了。"她轻轻吐出放心的气息说道，"要是您已经出门的话，我真不知道该怎么办才好。"

"这是——什么意思?"

我一问，她便先说了一句:"简单来说，"接着一口气解释道，"一旦您和家人会合，就会被它察觉出所在地。因为它的目标是田原先生您，而且已经完全认出了您。花了二十多年终于找到了您，您绝对无法逃脱。"

我的手臂和背部冒出鸡皮疙瘩。

"所以，您最好别跟家人见面。"这次耳边响起她冷若冰霜的声音。

香奈和知纱平安无事是最好不过了。我由衷地这么认为。

但不能见到她们的脸，令我感到不安。

在这种情况下，我想和香奈互相谈心，来一场久违的约会。

想和知纱从早玩到晚。

"我必须带着对它的的恐惧……一辈子独自生活吗?"

"那倒不是。"她语气沉稳地说道，"如果成功的话，或许能够再也不用生活在对它的恐惧之下。"

"怎么说……"

"只要使用我知道的咒语……咒术的话，应该能够将它赶到远方。不过——"

出租车行经道路崎岖不平的地方，颠簸了一下。我瞥了一眼窗外。熟悉的景色。就快要到家了。

"这必须靠您帮忙才行。"

"没问题。"我立刻回答。

虽然不知道我要帮什么忙，但只要香奈和知纱两人可以过上安稳的日子，就算要我断手断脚也在所不惜。

"要我上刀山下油锅，我都愿意。"

"并非是要献祭鲜血或是拿灵魂交换的那种危险咒术。"声音始终正经严肃。她独特的说话方式，令我分不清究竟是认真还是在说笑。

"利用家里有的东西，设置简单的结界。然后请您作为宿体，也就是成为咒术的媒介。必须承担家里的修缮费用，也会对身体造成卧床三天这种程度的负担。您能接受吗?"

"当然。"

"太好了。"

我的脑海里浮现不知容貌的她微笑的模样。

"这位乘客，请问要停在哪里呢?"司机问道。

我透过挡风玻璃望向车外，指示完下车场所后，对她说:"我马上要下车了。请问，通话……"

"不用挂断，没关系。"她说，"到家后告诉我一声，我指示您如何设置结界。不必着急。它还要花一些时间才会过来。"

出租车打着双闪，开始慢慢减速。

十五

"接下来就轮到我上阵了。"

她的话为我打了一剂强心针。我勉强鼓起勇气，放轻脚步穿过走廊，走向玄关。

一鼓作气地打开门锁，不让自己有时间犹豫。

感觉门马上就会打开，冒出什么东西来。这样的恐惧吓得我手脚不听使唤，但什么都没发生。

面对着门，我从走廊一步一步后退到客厅。

由于忘记打开空调，满身大汗，难受得很。

"门锁打开了吗？"我坐在餐椅上的同时，她的声音透过餐桌上手机的扬声器，在房内响起。

"是的，总算打开了……"

难以发出声音。比想象中还要消耗体力。

"辛苦您了，接下来只要等待就好。"她如此说道，随后沉默不语。

我也不知道该说些什么，便一直凝视着液晶屏幕"通话中"的显示画面。

空无一人的客厅，日光灯的光线显得十分凄凉。

装满水的大小陶瓷碗，随意地摆放着。

开始在意起平常完全不会在意的光线照射不到的角落暗处。该不会躲在电视后方吧？厨房没发出什么声音吧？明知是心理作用，内心还是暗自骚动不已。甚至连墙上时钟的声音都觉得刺耳。

我突然关心起逢坂。应该已经顺利送医了，我却担心她的安危——不对，是生死。话虽如此，我也无意切断与真琴姐姐的通话，打电话询问野崎。

"那、那个。"我朝手机呼唤。

"有什么事吗?"她回答。

"逢坂太太是否平、平安无事?"

我想她应该也能知道这类事情吧。我问的时候，脑海里浮现"心电感应"这种可疑的词汇。

沉默。毫无响应。也许是正集中精神试图感应吧。当我这么想时——

"不好意思——"她依旧保持平静地回问我，"**逢坂太太是哪位?**"

"咦?"错愕声从我嘴里脱口而出。我搞不清楚状况，把逢坂、逢坂的联络方式介绍给我们的，不正是她本人吗?

不对，我转个念头。逢坂势津子好像是假名。我全部交由野崎代替我委托她帮忙。说不定真琴的姐姐并不知道她以逢坂的名义行动，而把本名告诉了野崎。

"呃，就是您介绍给我们的那个女……灵媒师。平常是个家庭主妇。"我如此说明，望向手机屏幕。

她继续保持沉默，一语不发。

嘟噜噜噜噜噜。电话突然响起，我像个孩子从椅子上跳起。是室内电话，该不会——

手机传来她的声音:"不要接。"

果然如此。当我认同的瞬间,又想到其他可能性。

"不过,搞不好是我妻子打来的。也有可能是真琴小姐或去医院的野崎先生。这部手机无法插拨。我先确认号码 ——"

"是。不要接。"

"可是……"

"是它。不要接。"她机械性地、不带情绪地反复说道。

不对劲。

我凝视着手机。觉得哪里有违和感,又说不出理由。只是直觉地认为她的发言不自然。这是怎么回事?

不知不觉,电话响起进入答录机的"哔声播号音",停止鸣响。

"田原先生,您在吧?不用接起电话,直接听我说。"话机发出声音。一道冷静而强有力的声音。

与我对话到刚才的,正是那道声音。

"我是比嘉真琴的姐姐。"

电话留言中的声音清晰可辨,她接着说:"千万别大意。那家伙比我想象的还要狡猾。如果你那边发生了什么奇怪的事,很可能是它的陷阱,请赶紧逃离那里。万一为时已晚 ——"

她的声音比之前情绪化,但还是保持着冷静。

"请把厨房的门锁上,带上所有的菜刀,躲进洗手间。只要站在梳妆台的镜子前就没问题了。无论那东西多么强大,**还是会害怕镜子和刀具。**"

她声音中包含的感情戛然而止，然后瞬间爆发出来。

我只能支吾着一些支离破碎的语句。

"田原先生，你在听吗？田原先生？"

"不要回应她，田原先生。"

"快逃走！没有时间了！"

"时间还能充裕，田原先生，别听她的。"

她的声音轮流传来，在房间里回荡。现在是谁在说话？刚才的两个声音，哪个才是真正的她？

一样。一模一样。

我没办法区分，两者没有任何差别。无法判断，无法选择，无法决定。

"田原——"

咔嚓。响起机械性的声音。室内电话的答录机停止录音了。

能听见的，只有我的心跳声，与从喉咙溢出的咔咔声。

"辛苦您了。"手机发出她的声音，"虽然有人干扰，但这样子就没问题了。已全部准备完毕。"声音淡淡地接着说道。与刚才一模一样的语调、音质，一切的一切都刺激着我紧绷的神经。

"这、这是……"我不顾声音破音，继续问道，"这是怎么回事？刚才那是什么情况？请你解释一下！这个咒术又是……"

我无法一口气说完，当话语中断的瞬间——

"我也——"她发出声音，"——我也学会了各种招数，学聪明了。"

刹那，我理解了一切。

我踢倒椅子，奔向玄关。途中绊到什么东西，狠狠摔倒在客厅。身体也接二连三地撞到物品，一下子便浑身湿淋淋。

那些物品是我刚才以为是为结界做准备而摆放在地上的、装着盐水的陶瓷碗。

原来真正的目的是让我难以行走、不便奔跑。

除了咖啡厅的电话和攻击逢坂以外，把我一人留在这里，让我打破镜子、收拾刀具 —— 也同样是**圈套**。

我中计了。

三番两次地上当。

唔唔啊啊啊。我自然而然地发出呻吟，站起身想要走到走廊，却旋即止住脚步。

因为玄关的门敞了开来，而且 ——

一个外表为人形的东西慢慢走了进来。

在幽暗之中，看起来像是个女人。长发。灰衣。

没有脱鞋就直接踏进室内。

不对。她没有穿鞋。黑暗中隐约可见她的脚趾。她光着脚。

也没有穿衣服。一丝不挂。整个身体是灰色的。

长相被头发遮住，看不见。

她无声无息地在走廊上前行，朝我接近。

必须逃跑才行。

应该逃到壁橱，找出菜刀吗？

还是踹破阳台，逃进邻居家？

双脚动弹不得，连转身奔跑这么简单的事都办不到。

"咕嘎吱哩……咕嘎吱哩……沙哦咿……沙唔啊嗯……"

是女人的声音。跟那时一样，发出不知何意，听起来只像是音调的声音。

"打扰府上了。"

声音连接成带有意思的语句。

我当然没有回应。无法响应，只有呼吸声从喉咙"咻咻"地漏出。

"打扰府上了。打扰府上了。打扰府上了……"女人如此说道，并且一步一步地往我这里靠近。

脸部一带散发出朦胧的光芒。

不对，是被光线照射着。

在客厅的灯光微微照射下，她暗淡的脸上浮现一个、两个黄白色轮廓，扭曲变形。

女人突然静止不动。身体直立，轻微左右摇晃。

已经来到就要踏进客厅的距离，容貌和身体却依然模糊不清。只是脸的正中央一带，照射出某种白色的东西。

"秀树。"

女人呼唤我。

呼唤人，把人带到山上的存在。外公害怕的妖怪。来自西方的妖魔鬼怪。

Bogeyman。坊伪魔。抚伪女。

魄魑魔。

"走吧。"

不要。

"去山上。"

那是哪里？

"大家都在等你。"

有谁在等我？

"孩子。"

是指谁？

"孩子们。"

是指谁？

"那是 ——"

女人逼近到我的眼前。

无数的黄白色物体凌乱地罗列在她的脸上。

有的尖锐、有的断裂；有的长、有的短。

那些物体缓慢地排列成上下两排，动了起来。

拉着丝，往外扩张到整张脸。

一股从未闻过的异臭扑鼻而来。

黏稠滑溜地动着。

我这才终于意识到。

位于我眼前的这些物体 ——

是牙齿。

我正在看的，是她的口中。

就在我这样想时 ——

"唔唔啊，啊，太、太……迟、了，已 ——已经，不行了。住手。"

发出沙哑的声音，脑部直接响起咔哩哩哩的声音。

当我察觉那是自己的头部被啃咬的声音时，瞬间失去了意识。

第二章

当 事 者

一

我来到阳台，仰望天空。空中布满薄云，天气阴霾。

黑色物体到处振翅飞舞。

是乌鸦。平常数量没有那么多。

我把从厨房拿来的切块番茄的空罐头夹在腋下，点燃了时隔十几年买来的香烟。牌子是 PIANISSIMO pétil menthol one。我选择了低焦油量、粉红色的烟盒，淡而无味。只抽一根的话，不至于伤害知纱的健康，也不会被嫌臭吧。

我轻吸一口，将烟雾送进肺部。因为压迫感和苦味，我立刻咳个不停。

即使如此，经历了从那天至今的慌乱匆忙、糊里糊涂、脱离常轨的这段时间，已完全荒芜的内心，还是会感觉有种沉静、从容的情绪随着烟雾渗透进胸口。

秀树在这个家的客厅离奇死亡，已经过了两个星期。

在不明所以的情况下，我被警察传唤，看了秀树的尸体，遭到问讯，告知司法解剖的结果，清理家中破碎的镜子，安排葬礼，担任丧主，完成守灵、葬礼、告别式和入殓。

这两个星期内，我根本无暇思考，只是一个劲地处理眼前接踵而来的事项。

我将香烟捻熄在番茄罐中，暂时回到客厅。

将罐头扔进厨房的垃圾桶，漱了漱口，进入和室①，看着在被褥上睡觉的知纱的脸。

她发出呼呼的鼻息声，半盖着小被毯，一副睡得香甜的模样。这个才两岁的孩子，肯定不明白死——而且是父亲的死，意味着什么吧。虽然我很感谢她在葬礼上乖巧没有吵闹。

我帮知纱把小被毯盖好，望向角落的佛龛。

价格最实惠的质朴佛龛，摆放着秀树的牌位和遗照。

照片上的他露出安稳的笑容。我喜欢他这种微笑的表情。

不过，那已是往昔——知纱尚未出生前的事情了。

叮咚，门铃响起。

我知道来者是何人，因为对方事先联络过。

我确认知纱正在睡觉后，望向设置于走廊入口墙上的液晶屏幕。

果然是那两个人。

我直接走向玄关，打开门。

身穿丧服的野崎和真琴向我深深鞠躬。

"实在非常抱歉，未能参加守灵与告别式。由衷深表哀

① 传统日本房屋所特有的房间。空间被拉窗和隔扇白发围，造成幽玄而又明亮的日式私人空间。

悼。"野崎抬起头如此说道，再次低下头。

"别这么说。"我握着门把，轻轻摇了摇头回答，"非常感谢两位百忙之中抽空过来。"

这句话从守灵夜至今已说了几百次。

"这次真、真的——"真琴抬起头，轻声开口，又立刻沉默。她的嘴唇在颤抖，眼睛和鼻子一片通红。头发是黑色的，莫非是戴了假发？还是染黑了呢？

"别说了。"我再次摇头，"很热吧，先进来再说吧。"我请他们进门。

真的无所谓。用不着在意发色，也用不着流泪。我由衷地心想：真的没必要为了那个人这么做。

光是发现秀树的尸体，帮忙报警，我就已经十分感谢他们了。

也许是怕吵醒正在睡觉的知纱吧，两人一语不发，到佛龛上香，双手合十。真琴吸了好几次鼻水。

我将倒入冰麦茶的茶杯放到两人面前，坐到餐桌的另一端后，野崎端正姿势，以沉痛的表情说："这次的事情，我也有责任。"嘴角总是浮现的嘲讽笑容，今天却无影无踪。

"不对，是我害的。"真琴摇头反驳，"如果我再、再可靠一点，就不会发生这种事情了……"

"请你们不要道歉。"我以客气的语气回答，"我明白发生的是无法以普通常识来理解的超常事件。也早已听外子提过这种事情从很久以前就发生过好几次，并因此而结识了你们两位。不过，我没有打算责怪你们。"

真琴否定般地再次摇头，提高音量说道："所以说，如果我一开始见面时就立刻展开行动的话……"

"真琴。"野崎一把抓住她的肩膀。

她抽抽噎噎地闭上嘴巴。泪水沿着她白皙的脸颊流下。我侧耳聆听。

关上门的和室传来"哇啊啊"的微弱声音。知纱被惊醒了。

我抱起知纱来哄，目送三番两次低下头来的两人，关上玄关的门。

真琴穿鞋时，我看见她的后脚跟。大概是穿不惯乐福鞋吧，她的后脚跟被磨得通红。

我回到客厅。知纱在我怀里哭泣，也许是在被真琴的声音吓醒之前，做了噩梦吧。据说做梦的时间看似很长，实际上却只有快要清醒时那短短一瞬间。

我的内心还有余裕思考这种事情。

我用脸颊蹭了蹭知纱的头，在客厅、厨房与和室间来回踱步。天空依旧白云遮日。有好几只乌鸦在天上飞舞。我这才意识到，是真琴招来的。

我在不知不觉间接受了这种灵异、非科学的现象。

最大的原因应该是这个家中发生过许多事情吧。

秀树也落得那种下场。

在遗体安置所看见的他的尸体，我没有晕厥，也没有呕吐。但也无法正视秀树那只剩半边的土色、扭曲的脸庞。

警方似乎推测有可能是犯罪事件，朝这方面着手调查，但别说证据了，连类似的证言都没出现。不过也不可能是意外。据说至今仍在继续搜查。

不知道人寿保险的理赔金会不会下来。

当然，就算得到理赔金，也不够支撑我和知纱未来的生活。

我必须工作。不知道能否找到工作。

必须将知纱交给别人照顾。不知道能否找到好的幼儿园或托儿所。

有许多必须思考、必须去做的事。怀中的知纱依然哭个不停。

但我却不怎么烦躁、沮丧或自暴自弃。

我对秀树那样惨死感到震惊，不愿接受这个事实。但对他死亡这件事本身，却完全不觉得悲伤、失落。

我再次透过窗户望向窗外。不知是否因为云层比刚才更厚的关系，天色阴郁昏暗。

但我的心情反而可说是舒畅、开朗。

因为秀树已经从这个家消失。

我可以不必再配合他养育小孩了。

二

"恭喜你，我们两人一起养育这个新生命吧。"

结婚半年得知怀孕后，我告诉了秀树。

他如此说着，摸了摸我的头。

我很开心。

父母嗜酒成性，并未给予我家庭的温暖，我还没有做好生小孩、当一个母亲的心理准备，更别说是养育孩子了。因此听见他说这句话时，我心情轻松了不少。

然而现在的我却想对那天那时喜极而泣，感到庆幸的我说：

秀树根本无法减轻你任何的负担。

反而压得你喘不过气，痛苦不堪。

仔细回想起来，生活中到处充满了征兆，能推断出这个人的本性。

我最先想起的，是知纱出生时的事。

我阵痛得大叫，医生却告诉我这还不是真正的产前阵痛，替我注射了各式各样的镇痛剂。疼痛越来越剧烈，我开始大吼大叫一些莫名其妙的话。

半夜，终于听说已经进入真正的产前阵痛，但子宫颈却迟迟不开，我躺在分娩台上张开双脚，因不知何时才能结束的剧痛而哭泣，不断哀求医生干脆剖腹生产算了。医生们应该解释了为何不改成剖腹生产的原因，但我已不记得了。

午后，知纱终于出生时，我宛如一具空壳，只是看着眼前皱巴巴的婴儿泪流不止。那并非母性或慈爱那类伟大的情感。不过是我突然放心下来、心神恍惚罢了。

秀树从公司赶来，是晚上的事了。

我和已经变得熟稔的护士闲聊，虽然身子虚弱，但大概错在我不该笑吧。

他一看见我，便傻笑地一口断言道："啊啊，生孩子很轻松嘛。"

我顿时僵住笑容，一句话也无法反驳。

感觉比内心更深的地方，一下子冰冷冻结。

当然，这件事还不是压垮我的最后一根稻草。如今看来反而像是个笑话。

男人绝对不了解阵痛、分娩之苦。假如能体验相同的痛苦，男人肯定会耐不住疼痛，活活痛死吧。更别说女人一个月一次不得不承受的生理痛了。

这种事情在各种地方都能看见、听见，像是网络报道、育儿图文书，或是无聊的闲话家常中。

或许正因如此，当时秀树的态度与话语才会逐渐流于稀松平常的结局之一。也就是令人苦笑"男人都是这副德性"的那些"常见问题"吧。

接下来想起的，是同居时期的春天发生的事情。

我得了重感冒，在家卧床一整天。

"我会尽量不造成你的负担的。"

他面带笑容如此说道后，便出门上班。我又是发冷又是反胃，难受得很，一直在被窝里呻吟。

天色变暗，烧退了一点，也不那么想吐时，肚子突然饿了。秀树会做晚餐给我吃吗？还是会买东西回来给我吃呢？他不下厨，应该是后者吧。就算是便利商店的熟食什么的也好，我想赶快填饱肚子。

我在阴暗的房间独自等待他的联络或归来。

秀树回来时，是晚上十点。

"怎么了？"他粗线条地问道。

我艰难地挤出声音回答："我肚子……饿了。"

"不会自己煮来吃哦？"他如此说后，环顾房间一圈询问道，"你没打扫房间吗？"

我怔怔地摇头。

"秀树，你吃过了吗……"

"吃过了。"他挺起胸膛，坦然地笑道，"我不是说了尽量不给你造成负担吗？"

我撑起难受的身子，踉踉跄跄地走到厨房，将金枪鱼和美乃滋拌一拌，涂在吐司上烤来吃，就这么站着吃。

我想应该吃了三片吧，但半夜又感到不舒服，把吃进肚子里的全都吐了出来。

关于这件事，我也在自己内心做了妥协。应该说是反省吧。

认为是自己沟通不足才导致那样的结果。我也有错——不对，错的人是我。

拜托他买晚餐回来这种小事，就算感冒了还是能轻易做到。不拜托他，自己傻傻等待，是幼稚的撒娇行为。

总归一句，就是"自作自受"。

我的记忆来回游荡，最后抵达新婚旅行那一段。

我们在曾是秀树外公老家的K车站下车。没有什么目的。秀树从以前跟我一起出门时，就几乎不会安排行程，也不会决定明确的目的地。

这是常有的事。常听别人抱怨自己的男朋友或老公做事没有计划，令人头疼。

不过，我只要跟秀树在一起就够了。实际上，新婚旅行跟过往的生活一样开心。

在子宝温泉的大厅听到他说想要小孩时，感觉我的头脑和身心仿佛就要破裂一样，不禁流下泪水。我出生以来头一次想要不顾他人眼光紧紧拥抱他。我拼命压抑住这股冲动，挤出话语：

"我也——想要你的孩子。"

秀树穿过男浴池的布帘，不见身影，我望向挂在眼前墙上的大板子，试图让心情平静下来。

子宝温泉的由来

传说这个K地区，自古以来便是农村地带，村民耕田，采拾山野间的树果、山菜，过着自给自足的生活。

2005年进行挖掘工程时涌出温泉。温度摄氏四十二度，含有铁分的褐色温泉，不仅水量丰富，成分也完全符合温泉法的规定，因此来年秋天便以"子宝温泉"开始营业。

"子宝"这个名称，是来自邻近山脚下的一座老旧石碑所刻的文字。

根据调查，发现那座石碑至少是江户时代以前立起的。据乡土史家的研究所言，石碑上的文字很可能是以前的地名或山名。

本温泉被称为"含铁泉"，富含铁元素，除了一般温泉拥有的治疗跌打损伤、关节疼痛等效果外，据说也对体寒、贫血等症状特别有效。

此外，还有调整荷尔蒙平衡的功效，妇科病、月经不调这类女性特有的症状，也有望获得高度改善。

用"有望"这种模棱两可的表达方式是怎么回事？

大概是避免投诉吧。要宣传温泉的疗效也不是一件容易的事呢。我如此心想，立刻发现自己已冷静下来，便走向女浴池更衣处。

想不到更衣处和浴池都早已有其他客人，让我感到不知所措，不过一旦浸泡在褐色的温泉后，那些事情便在不知不觉间被我抛到九霄云外。我用双手擦拭从额头自然冒出的汗水，一边漫不经心地眺望着蒸汽缭绕的浴场。

桧木浴池与岩石浴池。表情狰狞的青铜龙像，嘴里吐出温泉。

正在清洗身体、手脚修长的人，年龄大概三十五岁左右吧。

对面脖子以下泡在温泉里，有如祈祷般低着头的中年女性，是当地人吗？

等我回过神来，已经比想象中泡得还久，便连忙跳出了浴池。

当我在更衣处擦干身体，弯下腰打算穿内裤时——

"不好意思。"

　　响起一道噪音，隔壁的置物柜被戴着黑色皮手套的手拉开。

　　我面向那里，一名娇小的女性对我说了声抱歉，行了一礼后，将一个大型双肩背包塞进置物柜。一头黑色短发，一张脂粉未施的脸，冷漠得面无表情，看起来既比我年长，也比我年轻，又像与我同代的。

　　我退后半步，确保空间，一边穿内衣裤一边以眼角余光不着痕迹地偷看她。她穿着黑色的长袖POLO衫与牛仔裤，打扮朴素。

　　她从背包拉出毛巾和小包，夹在腋下后，以流利的动作脱下手套。

　　我瞪大双眼。

　　她的手背和指尖红红白白。白色的部分挛缩，红色的部分则隆起，两个部分都带有光泽。

　　是蟹足肿。恐怕是烫伤留下的痕迹。

　　我不禁抬起头，她把手套和小包塞进置物柜，自然大方地掀起POLO衫。

　　她的背部伤痕累累。一道巨大的伤痕从她的右肩一直延续到她的左侧腹部，一条长长的伤痕沿着她的背脊直直落下，她的腰上有一个大约十日元硬币的圆形伤痕，无数细小的伤痕或直或横或斜地塞满缝隙。她的手臂和肩膀也有蟹足肿。上臂浮现一个全新的瘀青。

　　脱下胸罩的她，弯下腰褪下牛仔裤。大腿、小腿、小腿肚也布满密密麻麻的伤痕。当她的手抚上内裤的同时，我连忙将视线从她身上挪开。

心脏扑通扑通作响。我似乎忘了呼吸，喘不过气来。我发现身体感到凉意，便颤抖着手穿起衣服。

我不太清楚她为何会伤痕累累，但猜想得到。

是受到暴力——DV，家暴。肯定是她的男友或丈夫。

想到这里，我发现一件事。我尽量以自然的动作环顾四周。

远处头发花白的女性、刚才离开的微胖年轻女性。

正在吹干头发，臀部扁平的女性。透过镜子，可看见她一脸苦恼的表情。

这时我才终于明白。

原来子宝温泉这个名字，有别于它的由来，代表着另一种含义。

板子上所写的"妇科病"这三个文字，意味着什么。

对"子宝"这个词最扎心却也最渴求的人——

便是不孕的女性。

我不认为当天现场所有的人都是不孕的妇女。但是，冲洗身体、长手长脚的女人，坐在浴池对面的女人，臀部扁平的女人，以及隔壁遍体鳞伤的女人，恐怕都是——

我突然觉得对于秀树的联想与提议单纯感到欢喜的自己有多么的幼稚，内心不太好受。

我连头发都不吹干，小跑步前往大厅。单手拿着洗脸用具，打开女浴池的门，那伤痕累累的小小背部，从我的视野一闪而过。

秀树坐在沙发角落。脖子挂着毛巾，手上拿着空牛奶瓶。脸蛋光滑的他，发现我后，举起瓶子，开心地说道："咖啡牛奶。"

我勉强回以笑容。

前往车站的路上，在紫色晚霞的天空下——

"呐，秀树。"

"嗯?"秀树望向我。

我撇开视线，望向天空，再次看向他后问道："要是我生不出小孩，你会怎么办?"

秀树一脸惊讶，立刻诚挚地抿起嘴，盘起手臂沉默。只有两人的脚步声不停作响。

等看到车站时——

"嗯，到时候啊——"秀树牢牢注视着我的双眼，表情爽朗地说道，"我会全力支持**香奈**你治疗。"

语气和视线都坚定不移。

该不该在这时认真和他沟通呢? 即使起口角，让新婚旅行闹得不愉快，有些事还是不能退让吧?

不过，我还是选择了不破坏当下快乐心情的旅行方式。

对秀树抱持的突兀感，在知纱出生后一口气爆发开来。

办完出院手续回家后，餐桌上摆放着堆积如山的书籍。有大开本的、小型记事本尺寸的，厚的、薄的。

每本书的封面都大大刊登着婴儿、表情幸福的男女照片或插图。

"这是……"

"嗯，是育儿的书，算是教科书吧。"秀树笑了笑，"毕竟我们初为人父人母嘛。"他一脸欣喜地如此说道。

他推荐我，应该说是命令我事先阅读这些书，并且立刻实践。每晚他一下班回家，便会质问我当天课题的书本内容。不对，说是"口试"或许比较贴切。

照顾不分昼夜吵着要喝母乳、号啕大哭的知纱，我已筋疲力尽，哪有时间看什么书。

当我答不出问题时，秀树便会遗憾地叹息，然后立刻展露笑颜，把知纱从我手上剥下："那你看书吧，知纱交给我照顾。"

把知纱摇来晃去，逗着她玩，也不管她在哭在闹。我受不了他的作为，打算把她抢回来时，他露出一脸不可置信的表情说道："不是说好了两个人一起养育小孩吗?"

我想大声痛骂他，告诉我他一整天是如何忙着照顾知纱。

在他呼呼大睡的时候，知纱依然会哭着要喝母乳。喂她喝完母乳后，她还是一直不睡觉。

他有干劲是很好，但完全没考虑到实际的状况。

不过，我选择置若罔闻，而不是表明愤怒。

跟新婚旅行时一样。我只是想回避争吵，避免让双方陷入尴尬的情绪。

我现在才觉得当时的想法太肤浅了。应该更早想办法解决，不放任事态严重下去才对。

三

秀树死后，过了一个月。

我决定在附近的超市做兼职。高中毕业后，这是我第三次在超市工作。某种程度上是基于比较熟悉工作内容这种简单的理由。

幼儿园不能随便乱选，但也没时间慢慢找。我不打算拜托秀树老家的公婆照顾知纱。独生子的死似乎给他们造成了相当大的打击，而且两人明显地将痛苦和悲伤发泄在我的身上。

他们怪罪我的理由大致上是下述几点：

秀树会死得不明不白，不都是因为媳妇不在家吗？

儿子跟媳妇之间应该有什么问题吧。

那天，媳妇带着孙女突然不请自来，而且又说不清楚原因，也难怪他们会起疑心吧。况且还带着一个染着粉红色头发的年轻女孩同行，我能强烈感受到他们一头雾水的情绪。

我不打算向他们详细地解释来龙去脉。

秀树被妖怪、魔物盯上。

然后被那家伙杀了。

如果这么说，他们肯定觉得我是在编什么愚蠢的谎言，要不然就是觉得我脑子有病吧。

我其实也不想相信。但是发生在眼前的许多离奇事件，逼得我不得不相信。若是发现其他常见的、极为普通的原因，我肯定会毫不犹豫地选择相信那一边吧。

说到代为照顾知纱的幼儿园。

评价高的地方大多价格昂贵，但价格实惠的地方通常评价不佳。价格和评价都无可挑剔的地方，绝对挤不进去。

走投无路的我，只好拜托那两个人帮忙。如今秀树不在，他们可说是毫无关系的陌生人。

恢复粉红发色的真琴，以及似乎比以前更加投入调查妖怪的野崎。

真琴每天都会来家里。野崎则是至少一星期一次和她一起过来，报告妖怪的调查结果，或是在真琴的邀请下，一脸嫌麻烦地陪知纱玩。

我没打算要利用他们的好意，但很感谢他们让我有更多时间来选择幼儿园。

而且，知纱很黏两人，尤其是真琴，这也让我感到很开心。

知纱非常怕生。如果在路上遇到陌生人——比如说喜欢小孩的老年人攀谈，她就会紧抓着我，把脸藏起来。如果对方长相可怕的话，她有时还会吓得哭出来。带她去看布偶装秀的那一天，她吓得号啕大哭。

真琴和野崎是少数能让知纱打开心扉、放心一起玩耍的人。

"这是伊势神宫的剑被，能保佑家庭平安。"

九月底的傍晚，野崎递给我一个用折成双刃剑形的白纸包裹住、约二十厘米长的木条神符。纸上用毛笔写着"天照皇大神宫"这几个大字，并印着尊贵的朱印。仿剑纸张的前端部分，用墨水涂成一片漆黑。

"同样是三重县，而且伊势神宫算是日本神社的元老，应该比其他地方的护身符更灵验。正确的做法是摆在神龛上，但佛龛也无所谓吧。"他扬起嘴角笑道，但眼神严肃正经。

"这代表——那东西可能还会找上门吗？"我询问。

他望向趴在客厅陪知纱玩的真琴。

她维持原本的姿势抬头看我们，正色回答："不知道。但是难保它不会再找上门。"然后立刻绽放笑容，抱起知纱，对她的侧腹挠痒痒。知纱大叫，乐不可支。

野崎开口说道："最好先拟定对策。虽然不清楚它是以何种基准盯上人类，但它知道您和您女儿的名字。"

我想起那天从电话传出的中年妇女声音。声音确实呼唤了秀树和我的名字。

"可是，知纱她……"

"田原先生公司的人有听它提过。而且还是您女儿尚未出生，没有公开名字前就知道了。"

这是怎么回事？我毫无头绪。

"我也不知道。"野崎干脆爽快地说道，"不过，这一件事也能证明它是超自然的生物吧。用有别于我们的感觉或是方法，来获得这边的情报……"

话题从途中开始，与其说是在对我说话，他的语气更像是在对自己说明。野崎将视线落在客厅。

真琴抱着知纱缩成一团。知纱在她的怀里张着嘴睡着了。

"小孩子总是能玩到一半就睡着呢。"她一脸欢喜地望向野崎。

野崎没有回答，再次看向我说："我们能做的，顶多只有避免让它接近你们母女两人。随随便便的护身符和避邪符会被轻易地突破。您已经见识过两次，应该明白吧。所以——换句话说，这就意味着如果无法突破，它便没办法接近。再怎么非科学、超自然的事情，还是可以用逻辑来思考对策。"野崎望向我手中的剑被，"我和真琴想要好好保护你们两位。"

"谢谢你们。"

我只能回答这句话。我明白他说这些话的意思，也为他担心我和知纱的这份心意感到高兴。

所以才被他"见识过两次"的这句话刺痛内心。

两人离开后，我把知纱抱到和室的棉被上睡，接着开始准备晚餐。昨天剩下的炖南瓜、洋葱多肉丝少的姜烧猪肉，还有豆腐海带味噌汤。小黄瓜、莴苣和小番茄，就做成沙拉吧。

可以听见知纱可爱的打鼾声。晚餐做好后，就立刻叫她起床吧。还是等她自己起来呢？不行，太晚让她吃晚餐的话，对健康和生活习惯都不好。

我思考了我和知纱的事、我们母女往后的人生。

同时也想起被秀树夺去的过往时间，以及亲手撕裂、切碎护身符那天的事。

四

知纱出生后的来年起，秀树开始到处买护身符和避邪符回家。明治神宫、浅草寺、神田明神、井草八幡宫、深大寺、东京大神宫、大宫八幡宫、增上寺……

数十个都是保佑家庭平安和消灾解厄的。客厅、和室、玄关、厕所，五颜六色、色调刺眼的小布袋和用毛笔写着尊贵话语，印上庄严印章的纸张布满了我们家。

"买这么多要干吗呀？"我尽量随意地问道，避免发出嘲讽的语气。

秀树笑答："保护家人是我这个当父亲的职责啊。"

我也不是不明白那种想要依靠神灵加持的物品好让自己安心的心情。如果外出的地方有神社寺庙，我也会想要投香油钱合掌拜拜。只是，这未免有些过头了吧。

搞不好是受某个"奶爸之友"的影响。当时的我如此心想。

我们在同一栋公寓和附近的公园认识了几对夫妻，他们的小孩岁数都跟知纱差不多，我们会交流一些爸爸经、妈妈经。秀树立刻便和其他父亲打成一片，交换联络方式，休假时会约出来聚会。没碰面的日子似乎也经常发电子邮件、推特、LINE 来聊天。

我本来就对社交网站没什么兴趣，私底下顶多偶尔会跟住在附近公寓的津田太太——津田梢见面而已。因为我们年龄相同，感觉价值观也有些相近。除了她以外，我和其他人关系不怎么亲密，最多就是在公园遇见时寒暄两句罢了。现在也依然没有改变。

并非因为我不擅与人打交道。我无意怪在女儿头上，但真正最大的理由是不想看见怕生的知纱对别人畏惧、紧张的模样吧。

　　但我还是被秀树带去参加过几次家里有幼儿的爸妈聚会。

　　碰到一对面熟的夫妇。

　　"我是田原的妻子，名叫香奈。"

　　"我是土川。"

　　"我是他的太太淳子。"

　　他们开心地自我介绍道，伸出手要和我握手。我响应他们的要求。

　　"您从事什么工作呢？"丈夫问道。

　　"感觉很像女强人呢，工作非常干练的样子。"太太自己一个人说得很高兴。

　　"我……"

　　"啊，这家伙啊，一直在超市当钟点工，我一知道她怀孕，就立刻让她辞职了。毕竟那种地方要拿很重的东西嘛。对吧，香奈？"抱着知纱的秀树凝视着我。

　　"是、是啊。"我勉强吐出这句话。

　　"这样啊。那么，超市的上一份工作是什么呢？"

　　"我在池袋的……"

　　"她在小酒馆打工啦，好像待了三年。管理排班什么的，被委以重任，也有机会成为正职员工。但这家伙骨子里讨厌跟人交际，说什么不喜欢开朗的气氛，就辞职了。那家连锁店还蛮正派的，在业界颇受好评。真是可惜呢。"

　　"是、是啊……"

　　基本上就是这种情况，几乎不让我发言。

　　讨厌跟人交际这句话根本完全是误解。秀树一直这么认为，但我只是不喜欢别人说话滔滔不绝、做什么事都爱形影不离罢了。

　　简单来说就是距离感的问题。不管再怎么亲密的对象，我都希望保持一定的距离。

　　秀树就不一样了。与意气相投的朋友感情融洽地久聊，在网络上与人简单交流，尽可能多地拥有共同的时间、场所与价值观。对他而言，似乎这才是适当的人际关系。

　　秀树学他们开始经营起博客，频繁在网络上发布知纱和育儿的事情，也是自然的过程。

　　动不动就拍下知纱的照片，立刻上传。

　　周末的傍晚到晚上，他便会在客厅摆放矮桌，打开笔记本电脑，花时间写文章。有时候还会在屏幕面前修改好几个小时。

　　当然，那段时间也是我一直在照顾知纱。偶尔知纱靠近电脑时，他还会一副不耐烦地推开女儿："爸爸正在做重要的工作。知道吗，知纱？喂，香奈！"然后叫我过去。

　　有一段时间他说想要做断乳食品，买了一堆食谱书回来。

　　还曾经去有机食品店，双手抱了一堆高达三百日元一根的胡萝卜、七百日元一把的菠菜、国产的高级鸡胸肉和其他各种食材回来。

　　用普通的锅就够了，他却特地从国外的网站订购昂贵的红色牛奶锅，说什么能制作刚刚好的分量。

"她都不怎么吃呢。"

做了两次左右，他便不再踏进厨房了。接下来就变成我的责任。剩下的大量高级食材，用来煮我们极为普通的饭菜，好不容易才消化完。

知纱快要满两岁的几个月前，休息日的傍晚到晚上这段时间，秀树开始频繁地与其他奶爸聚会。有时候平日下班后也会直接跑去聚会。

虽然他说是"开会"，但回到家时他总是满脸通红，一身酒臭。

他假借报告的名义，逼我听他说各式各样的育儿经。没有报告时，他一定会和知纱玩。即使是晚上十一点、十二点也一样，只要知纱还没睡，他就会抱着她甩来甩去，追着她到处跑，咔啦咔啦地推倒积木。

"妈妈独占女儿不好哦，会离不开女儿哦。"我提醒他一次后，他一本正经地如此说道。我想说的明明是噪声和知纱生活习惯的事。

我开始觉得疲惫。

"只要把老公当作是另一个大孩子就好了。"梢如此说着，笑了笑。

星期六傍晚。

我在梢夫妇家，和她一起聊天。秀树这天休息日要上班。她丈夫带他们的孩子玲美和知纱去公园玩了。

"如果是孩子的话，就不会那么容易发脾气，反而还会觉得可爱吧。"

"说得也是。"我回答。我觉得她说得很有道理。

所以，之后的几天，我也能以宽宏的心胸对待秀树。

秀树疼爱知纱，享受育儿的乐趣。

知纱也一天一天成长。

这是件幸福的事。我的家庭很美满。

我决定抱持积极乐观的想法。

不过，这样的心态并未持续太久。

我的情绪在那一天爆发。

一个星期前，我和梢就已约好那天晚上要在她家共进晚餐，跟玲美感情不错的知纱也迫不及待。既然秀树说他会晚归，我也觉得偶尔上别人家做客没什么关系，心里有些期待。

"对方突然生病，所以延期了。我会提早回家，晚餐就拜托你了。"秀树在电话的另一端如此说道。

"之前已经约好今天要到津田家吃晚餐了……"

当然，我将这个安排告诉了秀树。应该说，从知纱出生后，我大大小小的事情都必须详细向他报告。

"那种事取消就好了吧。"秀树不以为意地说道。

"可是，他们已经准备好了，知纱也……"

"对知纱来说最重要的，是家人的爱吧。"

这句话说得一点都不错，是毋庸置疑的正确言论。但是，不应该用在这种状况。我整理情绪和思虑——

"等我们下次三人一起吃饭时再说不就好了。何况，几乎每个周末你都在陪她啊。所以，我觉得偶尔也必须跟朋友、跟周围的人交流。"我好不容易表达出我的看法。

传来唉声叹气的下一瞬间——

"香奈你真是太善良了，竟然顾虑这种无关紧要的小事。"秀树发出怜悯的声音。我完全听不懂他在说些什么。

"咦，这、这是什么意思……"

"我是说，你是觉得对津田夫妇很不好意思吧？竟然还考虑到他们那种人的心情，你真的太善良了。"

他们那种人？我将到了嘴边的话又硬生生吞了回去。

我没有立刻回答。秀树似乎误以为这代表他说中了我的心声。

"这种善解人意，说得难听一点就是懦弱，也会对知纱有不良的示范。"

"……"

"津田家那边我来跟他们说。今天就我们一家三口在家度过吧"

"……"

"没问题的。就算跟在面包厂上班、租房子住的人断绝来往，对知纱也不会产生任何影响，用不着担心。"

我挂上电话，蹲在于客厅涂着颜色的知纱面前。

"今天要在家里跟爸爸、妈妈，三个人一起吃饭了。"

知纱停止着色的手，望向我，猛力地摇头说："不要。我要跟玲美玩。"

"对不起哦。下次再跟她玩。"

"不要。"

　　知纱将蜡笔摔到图画纸上，红色蜡笔弹到我的膝盖。我拿起蜡笔，盯着知纱看。她小小脸蛋上的大眼泛起泪光。

　　"对不起哦。今天爸爸说要陪你尽情地玩。"

　　知纱脸朝下，再次摇了摇头。留长的黑发随着动作飘逸，眼泪滴滴答答落在图画纸上。我默默看着吸水的部分发软、变皱。

　　"我讨厌爸爸。"

　　过了一会儿，知纱看也不看我地说道。我将脸凑近她的额头："为什么？爸爸最喜欢知纱你了哟。"只说出实话的部分。

　　"爸爸……好可怕。有可怕的味道。"知纱发出细小如蚊、勉强可听见的声音，如此回答。

　　可怕的味道。

　　我忍住差点要哭出来的冲动，紧抱知纱小小的身体。

　　小时候——尚未上小学之前，我也曾在父母身上感觉到"可怕的味道"。

　　现在我明白那是酒味。他们喝醉了。

　　儿时的我不了解从粗暴的父亲和哭喊的母亲身上散发出来的那种甘甜、刺鼻的味道。只是一个劲地感到恐惧、恶心和悲伤。

　　知纱也对酒味感到惧怕吗？

　　还是对秀树的汗水和油脂臭味感到战栗呢？

　　我抱着她小小的身躯，抚摸她的头，直到她停止哭泣。确认她好不容易平静下来后，我发出开朗的声音，随便说几句话，一边收拾图画纸和蜡笔，站起来打算准备晚餐。我注意到秀树摆放在沙发一隅的笔记本电脑，便双手抱起，想暂时先放到电视柜角落，结果有东西从合起的电脑缝隙飘落。

掉到地板上的，是几张水蓝色和绿色的小纸片。是名片。而且全是同样的名片。是谁的呢？我拿起来仔细察看。

名字上这么写着：

暖洋洋的天气在召唤，
今天也与孩子一同玩耍。

田原家庭董事长
奶爸上班族
田原秀树
ikumen officer
HIDEKI TAHARA

东京都杉并区上井草五丁目××
Bellissima 上井草 302
090 △△△△ ●●●●
ikumenhideki@××××

背面则写着：

蓝天　白云

　　小鸟鸣叫　从软绵绵的被窝一跃而起

　　来！　脱下睡衣　出门去

　　挖沙坑、建迷宫　穿越攀爬架森林

　　就能看见　妈妈的笑容和三明治

　　　　　　　"孩子的大冒险"作者：田原秀树

　　我们奶爸将为孩子们创造出无可取代的未来

　　我一屁股瘫坐在电视柜前。

　　全身无力，无法站立。连做晚餐的心情也消失得无影无踪。

　　当我在照顾知纱、做家事的时候，秀树竟然写了这种诗，做了这种名片，发给奶爸朋友。

　　发着玩。

　　我的脑海浮现秀树在和奶爸之友们"开会"时，满心欢喜递出名片的身影。

　　"我是奶爸上班族，田原。"

　　他如此说道，这次则是毕恭毕敬地接下对方的名片。

　　想必那张名片上也罗列着大同小异的语句吧。

　　眼前自鸣得意的文字因泪水而扭曲。手指加强力道，绿色和水蓝色的纸片弯曲。

　　原来我是在配合他玩这种游戏吗？

　　知纱是为了这种事情而出生、成长的吗？

对秀树来说，养育小孩就是到处发放这种纸片吗？

呜呜呜呜呜的低音从某处传来。那是从我嘴里发出的声音。我哭了。大哭大叫。

"妈妈。"

知纱的声音听起来非常近，并且带着忧虑。是以她孩子的脑袋绞尽脑汁担心我而发出的声音。

我已经受不了了。

我抓起手上的名片，使尽全力撕碎，扔掉。

知纱放声大哭。

"吵死了！"

我大声咆哮。咆哮之后，站起来俯身看着知纱。

知纱呆立不动，哭得满脸通红。尖锐的哭声贯穿耳朵。

"吵死了吵死了吵死了！吵死了！"

我捂住耳朵，跑向玄关，一踏进走廊便立刻止住脚步。

走廊墙面上挂满密密麻麻的护身符和避邪符。玄关跟门离得好远。

我回头望向客厅，填满墙壁和家具缝隙般摆放的一堆护身符，强烈动摇我的视线、神经和心灵。

这里是监牢。

被秀树的自私包围的牢笼。

我和知纱是他的阶下囚——不对，是奴隶。

我抓起附近电话台上的护身符，粗暴地拉扯绳子，用蛮力打开袋子。绳子发出啪叽啪叽断裂的声音后，我抽出袋里的符纸，猛力撕破。别说平息我内心的情绪了，反而使我越来越激动狂暴。

　　我跑到厨房，拿起厨房用的大把剪刀回到客厅，接二连三地刺向墙上的护身符。知纱害怕不锈钢刀刃铿铿刺进墙壁的声音，哭喊得更大声。

　　剪刀刺进袋子，一张一合地剪碎。要是刀刃被布料缠住，就用手指捏住，撕裂。我沉溺其中。回过神时，发现我已将护身符、避邪符一个一个地四分五裂，将碎片扔得到处都是。

　　"啊啊啊啊啊啊啊！呜哇啊啊啊啊啊啊啊！"

　　知纱的叫声响彻整个家中。

　　不对。不是知纱的声音。她的声音没有这么低沉。

　　这是我的声音。是我在大叫、呐喊。

　　即使察觉到这一点，我也无法停止从喉咙自然发出吼叫，不停挥舞手臂和剪刀，一味地剪碎家里的护身符。

　　不知经过了多久。当我回过神后，已经待在厨房。

　　我抱着知纱蹲坐在厨房一隅。

　　客厅昏暗，是我关掉电灯的吗？只有厨房的日光灯寂寥地照射着我和知纱的皮肤。

　　手边躺着剪刀。

　　知纱还在哭泣，我也泪流不止。

　　完蛋了。我如此心想。

　　等秀树回来，质问我家里为何会变成这副模样时，我打算老实说出来。

　　应该说，我完全想不到如何掩饰。

我会被赶出这个家吗？一定会吧。

而秀树势必会再找一个新的女主人，和知纱三个人生活。

我已经不能再见到知纱了，再过一会儿就要离别了。

我紧紧抱住知纱。知纱在我怀中号啕大哭。

我分明已做好心理准备，然而秀树回家看到我的时候，却没有立刻吐出话语。

"我……我……"

"发生什么事了？"

秀树的手指置于我的肩上。我的身体窜过一阵恶寒，觉得害怕。

我立刻将剪刀藏在身后。

在脑海的一隅觉得还好知纱哭累睡着了。

"这、这是……"

眼泪又在眼眶打转，嘴唇止不住颤抖。这时，秀树以坚信的口吻说道：

"有什么东西——来了对吧？"

"咦……"

我听不懂他在说什么。不过，我缄默不语。秀树似乎误会了什么并深信不疑，以至于推测不出是我干的。那份意念既强烈又可怕。

看着秀树脸色苍白紧张的表情，我凭直觉如此猜想。

随后发生的事情我毫无头绪，绞尽脑汁，甚至臆测"秀树该不会外遇了吧"。不过，从他对电话传来的女人呼唤声感到异常恐惧这一点来推断，并非只是惹上麻烦的女人这种程度的事情，而是更大、更令人费解的问题。

事到如今我终于明白，秀树当时是在害怕妖怪。

虽说无法以常理来判断，但就现状而言，我也姑且相信了那类生物的存在。

护身符在我们面前被撕裂。秀树的头部和脸部被挖空，死亡。

把这些事归咎于是妖怪干的好事，是目前最符合逻辑的想法。

这世上有许多谜题是科学无法解释的。

我真心感谢野崎和真琴，也想尽量协助他们调查。

可是那一天撕破护身符的不是妖怪，而是我本人。

本来打算找一天坦白，却完全错过了时机。

我并非没有罪恶感或内疚感。

但也想，如果能推到妖怪身上也无所谓。

就算背黑锅，妖怪也不会生气。我脑海里冒出如此愚蠢的想象。

只要知纱平安无事、健康成长，我会一直隐瞒下去；如果迫不得已必须坦白的话，鼓起勇气说出事实就好。我如此心想——

哔哔。哔哔。

警告音迫使我回过神。洋葱、姜片和猪肉丝在眼前的平底锅上微微焖烧。

危险。我先关掉炉火，再开火，一边搅拌平底锅里的东西，一边画圆浇上酱油。现在的炉具只要锅超过一定的温度，就会发出警告。真是幸好。

我提起精神继续做菜。味噌汁已经做好了，沙拉也能立刻准备完毕。接下来只剩加热炖南瓜就大功告成了。

当我忍受着饥饿，一边完成最后阶段时——

"………哩。"传来细小的声音。

是知纱。大概在说梦话吧？还是已经醒来了呢？

我将姜烧猪肉盛到盘子上后，微微打开和室的门。

看见知纱在灯泡的照耀下，仰躺着睡觉。

嘴巴张开，持续吸吐的呼吸声——

"……沙咿……沙唔啊嗯……"发出断断续续的话语。

在说梦话，不带任何语义的可爱梦话。

我幸福得忍不住莞尔一笑，从冰箱拿出炖南瓜，放进微波炉加热。

五

我在超市的后方，从回收箱拿出装着饮料瓶的袋子绑好。空罐也同样绑好。牛奶盒则是塞进纸箱。全部积放在手推车上，放到停车场回收业者停的车辆附近。

看了看手表，下午五点。今天的工作已经做完了。

我在其他兼职人员嘻嘻哈哈闲聊的休息室兼置物室里，收拾东西准备回家，打完出勤卡后，迅速冲出超市。领班的北泽约我去唱歌，但我郑重地拒绝了。对方一定认为我是个不上道的新人吧，但我不在意。

重要的是知纱。今天也是真琴帮我照顾女儿。

当我在大马路上往家走时，手机响了起来。我先将休息时间买的装有食材的袋子放在地上，从裤子口袋拿出手机。

有人打电话过来。液晶屏幕上显示"唐草大悟"。

"如果您有空的话，要不要一起吃个饭？当然，知纱也一起带过来。"唐草先生发出有些不好意思的声音如此说道。

我是在秀树的葬礼上第一次见到他。他表情沉痛地上香，一副对秀树的死大受打击的样子。据野崎和秀树所说，他似乎对那个妖怪有某种程度的了解，事实上他五官深邃的脸庞铁青无比，一副感到惧怕的模样，看起来确实不像是单纯失去一个老朋友的态度。

"不好意思，我已经做好晚餐了。"我说谎拒绝。虽然我坦率、好心地判断他的提议是出自对故友家人的善意，但我不见得要轻易地答应他。

"这样啊……那么，下次有机会的话请务必赏光。"

"好的，如果时间有办法配合的话。"我挂掉电话，抱起购物袋，迈开步伐。

这已经是我第三次拒绝他提出用餐的邀约了。

我现在才感到后悔，是不是一开始不该打电话给他。

"请问，昨天外子——田原是不是到过您府上叨扰？"我曾经打过一次电话询问他秀树的去向。

他在电话的那端停顿了一下，随后爽朗地回答："是的，我约他来这里——我家聊天。"

当时的我，万万没想到秀树是在害怕妖怪，但也难保他不是出轨。在知纱快要出生时，我曾经接过秀树打来的电话，但我一接起他却劈头就说："抱歉，我挂了。"反过来挂我电话。这是我起疑心的其中一个原因。

我几经犹豫、思量后，从寄给秀树老家的贺年卡上查到唐草先生的联络方式，决定打电话给他。

"田原不是会出轨的那种人。"唐草先生突然通过话筒冒出这句话。

我吃了一惊，连忙答道："啊，不是，我打电话来的用意并非……"

"失礼了。不好意思，如果让您感到不愉快的话，我道歉。"他非常过意不去地说道。似乎在电话的另一头低头赔罪。

"我才是，不好意思冒昧打电话给您。"我也向他道歉。理应到此为止才对。

但最近唐草先生突然开始打电话来约我吃饭。

一直拒绝，会不会让人观感不佳？

但我完全不想和他一起吃饭。

我只要有知纱就够了。真琴和野崎是例外中的例外。不过是因为知纱需要他们，我才继续和他们来往。

天色昏暗，在车头、车尾灯和交通灯逐渐闪烁起来的大马路上，我继续朝家走。

打开玄关的门后，真琴和知纱并排在一起，在走廊上滑动爬行着前进。发现我回来后，知纱撑起上半身，大喊："我们在装蛇！"接着继续滑动爬行。

真琴立刻站起来，帮我拿购物袋。

我请她留下来吃晚餐，她笑着拒绝，说是要打工。她和知纱握了好几次手，便挥了挥手回去了。

"我在高圆寺一家普通的小酒吧打工。"

她没有告诉我店名。或许是认为告诉我一个小孩子不能去的店，对必须时时刻刻照顾知纱的我是失礼吧。

我也没有进一步询问。

晚餐是马铃薯炖鸡肉、小松菜炒樱花虾、白萝卜味噌汤。

知纱不怎么爱吃饭，听说这年纪的小孩大多有这种情况。不过，我依然耐着性子温柔地说服她，花时间喂她吃。

洗澡时，知纱告诉我她和真琴玩了什么游戏。虽然有许多地方不清楚具体到底是怎么玩的，但听起来无疑是玩得非常开心。我一边随口附和"太好了呢""真琴姐姐人真好""知纱好了不起哦"，一边清洗知纱的身体。要让洗头时也想说话的知纱闭上嘴巴十分费力，但过程还是很快乐。

我在洗脸台前擦拭知纱的身体，帮她穿上睡衣，用吹风机吹干头发。当我把梳子放到她的头发上时，知纱眯起双眼，在新安装的镜子前露出满意的微笑。

心情就像是千金小姐一样吧。我追溯遥远的记忆，一边用梳子梳理女儿柔顺的黑发。

我把知纱抱进被窝，念故事书给她听。她最喜欢的《地狱里的宗兵卫》。故事的内容是下地狱的主角们发挥生前的专长，克服折磨，让阎罗王目瞪口呆，最后送他们回人世。插图画得十分骇人，有些地方也很诡异，但知纱似乎很喜欢这种大快人心的故事。

先念一遍给她听，再回头指出插画的细节，随便解释一下，再把故事添油加醋说给她听，她便不知不觉进入了梦乡。

恰到好处的疲劳感。我忍住想直接入睡的冲动，站起来打算走向厨房。

"看吧，这不就没事了。"

和室突然响起一道粗糙的嗓音，我抖动了一下，连忙回过头。

穿着睡衣的知纱坐起身子望着我。

双眸瞪视着我，却没有聚焦。小小的牙齿露了出来，一条口水滴落在棉被上。

"知纱?"

当我正想走近女儿身边时——

"那是当时最好的方法。我已经竭尽全力了!"知纱如此说道。嘴里吐出的并非她的声音。

我知道这句话出自谁的口中。

因为那是秀树曾经对我说过的话。

"别说了!"我一把抓住知纱的身体，使劲摇晃。虽然不明白是怎么回事，但知纱显然用和秀树一模一样的声音，再三重复秀树曾说过的话。

知纱小小的头不断晃动，视线慢慢集中在我身上。跟刚才不同，是知纱平常的眼神。

"妈妈……"知纱低喃。

"知纱，你怎么了？"我问道。虽然有满肚子的疑问，但我还是先问她这一句。

"爸爸来过了。有爸爸的——味道。"知纱如此说道，搓揉着眼睛。

"这是什么意思？"

我再次询问后，知纱一脸困倦地说："他说到山上一起玩。"就这么靠在我身上。

发出"呼呼"的睡得香甜的鼻息声。

我将知纱放倒在棉被上，走向客厅。

最好联络一下野崎。

"山上"这个词很耳熟。据野崎所说，秀树外公的出生地有一种令人畏惧、会把人抓到山上的妖怪。

莫非是妖怪再次找上门了吗？就算不是，也多多少少有所牵连。

况且，知纱一瞬间失去自我的行径，令我无比不安。

我拿起餐桌上的手机，一边开启联络人名单，一边想着知纱，还有秀树的事。

我想起知纱头部受伤那一天的事。

以及秀树针对那件事，对我说过的话。

六

在秀树的提议，应该说是命令下，我把知纱也一起带去参加他和其他奶爸的聚会。在暮色苍茫时筋疲力尽地回家后，我着手准备晚餐。客厅传来电视和知纱到处跑来跑去的声音。

我先用酒和胡椒粉将牛肉片调味，再用蚝油下去炒，与蔬菜拌在一起时，听见知纱在哭。哭声越来越激烈。

"知纱。"我呼唤知纱。她不仅没有停止哭泣，还越哭越大声，哭天抢地。情况不对劲，我如此心想，因为她从来没有哭得这么夸张。

"孩子的爸。"我呼唤秀树。

"嗯。"他发出无力的声音。

"怎么了？发生什么事了？"

"没有——"他拉长尾音。

我关了火，走向客厅。

秀树表情空洞地呆站在客厅中央。

知纱则倒在餐桌旁，号啕大哭。

她的头部和脸庞染上了鲜红的液体。地板上也蔓延着红黑色的污渍。

知纱的脑袋流出大量的血液，呐喊着求助。

"知纱！"我冲向知纱，将她搂进怀里。尽管衣服沾满了血，身体不住颤抖，我还是伸手检查知纱头部的伤势。

额头发际的地方裂了两厘米左右的伤口，血流不止。大概是撞到桌子，或是被什么东西划伤了吧。

"快叫救护车！"我抬起头对秀树大吼。

秀树没有回答，慢吞吞地走到电话台。

"快点！"我边呐喊边把痛得大吵大闹的知纱放到地板

上，到洗手间拿毛巾。

"喂？是，我要叫救护车。"秀树以平静的语气朝电话说话。

我们三人一起搭上救护车，来到急诊室后，知纱立刻被送进了手术室。我和秀树在走廊等候手术完毕。我全身颤抖，站立不住，倚靠着长椅缩起身体，凝视手术中的灯光。秀树则呆站在原地，怔怔地眺望着窗外。

"你为什么没有马上叫救护车？"我问道。

秀树没有望向我的脸回答："你镇定一点——这种时候才更要冷静。"

我的情绪瞬间爆发，下意识地站了起来："冷静？女儿都受重伤哭个不停了，放着不管就叫作冷静？要是我继续做菜，知纱不知道会怎么样？"

"我……"他说话音量变小。当我说出"我听不见"的瞬间——

"像我这种笨手笨脚的人随便乱碰她，情况肯定会更糟的啊！"秀树大声咆哮。声音在医院昏暗且空无一人的走廊上回荡消失。

我怀疑自己的耳朵是否听错了。反射性地回答："所以——你就放着不管？不采取任何行动，直到我发现为止？"

"那是当时最好的方法。我已经竭尽全力了！"秀树的脸色铁青。瞪大的双眼眼角一颤一颤地抽动。

他的动作让我越来越不愉快，我也不甘示弱地吼了回去："知纱都受伤跌倒了，把什么都不做叫作最好的方法？把呆站着看女儿头破血流、号啕大哭，叫作最好的方法？"

秀树没有回答。只是摆出一副欲言又止的态度，将眼神挪开。他的一切令我难以忍受。

"你——要向其他奶爸炫耀这件事吗？要挺起胸膛，摆出一副父亲楷模的样子，到处宣传吗？还是要写一篇长文上传育儿博客？"

"吵死了！"秀树再次咆哮，紧接着吼道，"不过是生了一个孩子，有什么好嚣张的！"

我顿时一把火烧上来，火冒三丈到想不出话回骂他。就在我想要扯开嗓子随便大吼大叫，大闹一场的瞬间，手术室的门砰一声用力打开。

"请两位冷静一点。"身穿手术服的医生取下口罩，发出洪亮的声音说道，"令千金平安无事。虽然伤到脑袋，又大量出血，但不碍事。也几乎不会留下伤疤。"医生一口气说完后，"呼"地吐了一口气。

我全身无力，瘫坐在长椅上。

"看吧，这不就没事了。"我没有漏听秀树轻声低喃的这句话。

不过，当时的我已经没有精力回嘴了。

后来听知纱说，受伤的原因是"跑着跑着撞到桌子"这种极为常见的情况。我曾怀疑过是不是秀树推开或撞飞知纱、害她受伤这种最糟糕的情况。因此听到真正的原因时，我着实松了一口气。但我还是无法原谅秀树，更别提爱他了。

我明显地对秀树感到厌恶。

我确定秀树会对我和知纱——对我们这个家庭造成伤害。

"快点收拾行李搬出去住不就好了。"

提到这种话题时，肯定会有人这么回答。

梢就是如此。换作是其他心地善良的人，势必也会如此建议吧。

事实上我也认为就某种程度来说，这是个还算实际的解决方法。

但是我无法认同。

为什么搬出去的总是女方，总是母亲、妻子呢？

理由非常明显。

因为家这个单位，是建立在丈夫——男人的所有物这种价值观的根基之上的。

妻子、女人，以及孩子，不过是借住在那里罢了。

法律也是以这种价值观为前提，户主通常是丈夫。

我不认同。

我的身心不认同。

因为知纱是我的孩子，是我生下来的。

知纱是我的女儿。这个家、这个家庭是属于我的。

应该消失的是秀树才对。

我开始产生这种想法。

这时，真琴和野崎开始到家里来玩。

之后发生了几件不可思议的事情，秀树就真的消失了。

七

"我在想，护身符是不是被钝了的刀具那类的东西切碎的？"真琴这么说道。

十月下旬，星期五下午。超市的工作只有上午排班。

我和真琴对坐在桌子前，品尝着野崎做的烤奶酪蛋糕，搭配买了好一阵子的立顿红茶。

知纱和真琴玩着玩着便睡着了，我让她躺在和室睡觉。

"是野崎查出来的吗？"

我询问后，真琴便回答："听说是拿到认识的鉴识专家那里去请对方调查。对方好像是教授，要不就是以前当过教授，总之是个大人物。"

竟然还认识鉴识方面的人物，灵异撰稿人的人脉还真是奇妙。

"类似钝了的刀具的物品，说得还真是笼统呢。"我苦笑着，"野崎说，专家也只能那么说了吧。"

真琴也轻轻笑道："大致上，据说最接近的是牙齿。"

"牙齿？"

"也就是说，是咬碎的。"真琴说。

护身符明明是在眼前裂开、破碎的。

检查的结果却是牙齿咬碎的。

果然是妖怪搞的鬼吧。不是这世上的生物所为。

我叹了一口气。

"野崎觉得很遗憾。"真琴突然冒出这句话。

我不明白她说这句话的含义，望向她的脸。

她目不转睛地凝视我的眼睛，轻声说道："他说要是第一次护身符被破坏时的碎片有留下来的话，他也想调查看看。"

发生那件事的第二天，我就全部清扫掉了。

况且，当时秀树还不认识野崎。而且也尚未跟任何人商量。将野崎、真琴和生前的秀树所说的事情依照时间顺序来排列后，得到的结果便是如此。所以事到如今再来懊悔也于事无补——

我突然惊觉，回望真琴的双眼。

那双又大又温柔，充满强烈意志力的双眼。

感觉那双眼正直视着我的内心。

我深信不疑。

她和野崎大概已经发现了。

至少起了疑心。

怀疑我和秀树两人的关系其实并不好。

真琴像是看穿了我的心思，轻轻点了点头说道："妖怪、幽灵这类的东西，通常都会乘虚而入。"

"乘虚而入？"

"像是家人之类产生嫌隙，或许应该说是鸿沟比较好吧。"她蹙额颦眉地挑选措辞，"如果有鸿沟，就会召唤那种东西过来。"

"是这样吗？"我问，"光凭那种唯心论般的论点，就能促使妖怪的世界转动吗？"

"我也不知道呢。"真琴一本正经地说道。

看起来不像是在装傻或敷衍。

我想她是真的不知道。

只是凭经验而得知的结论。

"可是，该怎么说呢？不知是碰巧还是偶然，确实都会往不好的方向发展。"真琴说。

"这是什么意思呢？"我问她。

她沉默片刻后说道："在大家不知不觉间，结果是往坏的方向发展。我没有办法具体知道是谁做了什么动作导致的，但大概能感受到事态是否越来越坏。"

我和秀树相处不好。

我受不了他，破坏了护身符。

所以妖怪容易入侵。

是我，是我们，导致事态越变越糟的。

我一边在脑海里整理这个家中所发生过的事情，一边开口："所以，你才来我家的吗？"

"是的。"她点头，绽放笑容说道，"只要气氛变得温和、愉快又开朗，结果便完全不同。事情会往好的方向发展。"

只要气氛愉悦就好。心情开朗就没有问题。

真是单纯的理念。单纯到令人以为是在骗小孩，我如此心想。

不过，这也是其中一个事实吧。

因为没有人会渴望一个阴沉郁闷的家庭。

比起不快乐，当然是快乐比较好啊。

"说得也是。"我轻声笑道，"不过，这才是最难做到的吧。"

　　我如此说后，真琴回答："真的很难。"将视线落到桌上。

　　她看起来不像是在开导我的样子。

　　而是她自己体认到这件事的难度，一副心有戚戚焉的样子。

　　"一开始跟知纱玩，真的很开心。"她开始娓娓道来，"可是，玩到一半便痛苦了起来。就连像我这种明知道要让气氛温和、愉快的人都感到痛苦不已。根本没办法放开心胸。"

　　"怎么说？"我追问道。

　　"因为会想到自己。"真琴说。从刚才开始视线就一直停在桌上。

　　"受苦的明明是这个家，知纱也真的很可爱，可是我却没来由地难过了起来……然后就……"她吸了一下鼻子，接着说，"脑子里想的全是自己的事。还对野崎——发脾气。"

　　说完后，眼眶湿润地抬起头。

　　"对不起。"她连忙擦拭眼睛。眼妆糊掉了，眼周一团黑。

　　"如今……那个妖怪可能还会找上门，我必须保护你们才对，却……"

　　"没关系，我完全不在意。再多说一点。"我说。

　　至今找不到好的托儿所，一直承蒙真琴帮忙的我，希望至少能倾听她的心事。

　　我内心还有这点余力。

　　总不该因为妖怪可能找上门，就时时刻刻心惊胆战吧。

　　"不了。"真琴摇摇头，"我是来保护这个家——"

"说嘛。"我面带微笑，催促她，"了解彼此的事情才有助于让事态往好的方向发展吧。总比不了解好。"

我看真琴沉默不语，便说："我想你早就察觉到了，我跟秀树一直处不好。因为在知纱的事情和养育小孩的方式上意见有分歧。有嫌隙——鸿沟是事实。"

本来想让她说出心事，意识到时，自己却主动提起家务事。

"我觉得那个人——秀树重视育儿胜过孩子。我对他感到厌烦，却无心沟通。只是默默地憎恨秀树，希望他消失。"

真琴稍微抬起视线，望着我。

"从妖怪的角度来看，一定破绽百出，到处都是可乘之机吧。我不是很清楚，但老实说，秀树过世后让我松了一口气。我想从今往后我一定能好好养育知纱。你所说的鸿沟，应该已经不存在了。"

感觉一直堆积在体内的东西，一点一点地排出。

"我想——也是。"真琴轻声说道，"这个家比我刚来时，感觉澄澈许多。也看得出您和知纱感情融洽。真是令人羡慕。"

"羡慕?"我重复突然冒出的词汇。

真琴咬了咬嘴唇后，有些落寞地莞尔一笑说道："因为我——生不出孩子。"

嗡嗡嗡嗡嗡嗡。桌上真琴的手机振动。似乎是顾虑到知纱在睡觉而调成了振动模式。她呼吸了一口气，触碰液晶屏幕说："我开扩音哦。"

接着立刻传来野崎急迫的声音："真琴，马上在那里布下结界。"明显欠缺平时的冷静。

"怎么回事？"真琴问道。瞬间的沉默后——

"被唐草陷害了。"野崎唾弃般地说道。

唐草先生？怎么会扯上他？当我感到纳闷时，"不止如此。"他接着说，"还发现有关**它**的新传说。虽然难以断定是原始史料，但上面是这么写的：**魍魉魔**不只会呼唤人，将其掳走或吃掉。有时还会利用父母或兄弟姐妹的音色，**引诱小孩自己上山**。前几天在电话里听到的知纱的状况，显然就是如此。**它**——也能远距离攻击。知纱现在就被盯上了。"

我立刻站起来，拉开和室的门。

"知纱!"反射性地大喊。

阳台的窗户是打开的。

而知纱正打算爬上栏杆。

一道小小的身影快如飞箭地通过我的身旁。是真琴。她一把抱住知纱，护着她，以背部跌落阳台的地面。

"好痛……"

真琴发出呻吟，怀中知纱的身体抽动了一下，头部以不自然的角度望向我。

只剩眼白的双眸瞪视着我——

"不是说好了两个人一起养育小孩吗？"口中吐出秀树的声音。

"爸爸？"知纱的脸庞突然恢复平常的表情。真琴尽管痛得呻吟，依然紧紧抱住知纱的身体。

"恭喜你，我们两人一起养育这个新生命吧。我会全力支持香奈你、支持香奈你治疗。"知纱再次翻起白眼，发出秀树的声音说道。

"香奈你、香奈你。咖啡牛奶。咖啡牛奶。咖啡牛奶。我随便随便随便乱碰她，情况肯定会更糟的啊！"

"滚出去！"真琴大叫。一边呐喊，一边在知纱的身体前方双手交握，以指尖触碰银色戒指。

"真琴。"知纱抽搐的嘴巴，这次发出女人的声音，沉稳、强劲、带有穿透力的声音。

"姐姐？"真琴表情僵硬。

"你不听我的话吗？"声音——真琴姐姐的声音，以严厉的口吻说道。

真琴的手放松。知纱挣脱她的手在阳台上爬行。手脚交互向前，像蜥蜴一样，速度快得令人难以置信。我连忙跑到阳台。

知纱在阳台角落站起来，转头看我。

抽搐的眼白与扭曲的笑容直视着我，令我无法靠近，僵在原地。

"知……知纱！"

我呼唤后，女儿嘴里便流下黏稠的口水——

"知纱是属于我的——哪能交给只是生下她的女人。"发出秀树的声音。

这种状况令我困惑。这是秀树的——魂魄在说话吗？还是妖怪模仿秀树的话语和思考方式在说话呢？

　　无论如何，从知纱口中吐出的秀树声音、话语，动摇着我的心灵和脑袋，令我不得动弹。

　　"闭嘴！"真琴大叫。

　　我回过神。她起身的瞬间，便从牛仔裤屁股的口袋掏出某样东西，扔向知纱。那样东西缠绕住知纱的手和身体。那是黑色和橙色的线编织在一起的细绳——绳结。前端系着重物，借此来缠绕东西。

　　真琴双手抓住绳结，轻声吟诵。知纱的身体跳了一下，表情瞬间恢复成平常的知纱。但右眼又立刻翻成白眼。

　　知纱小小的身躯生硬、嘎吱嘎吱地颤抖。张开的口中——

　　"哦啊啊，啊，啊……"不知不觉间发出分不出是男是女的嘶哑痛苦的声音。

　　"……痛，好痛……好痛……"知纱脸部扭曲，咬紧牙关。

　　口里吐出大量的泡沫。

　　我反射性地朝阳台踏出一步。

　　我听出刚才并非知纱的声音。头脑明白那并不是知纱在表达痛苦。

　　但是，我还是难以忍受。我又踏出一步，靠近真琴身边。

　　"知纱！"

　　"不可以过来！"真琴没有望向我，大声吼道。双手紧紧抓住绳结不放。知纱与她之间紧绷的绳结不停颤动着。

　　知纱的身体再次大幅度起伏了一下——

　　"咕呜啊啊……啊啊，啊……"从口中挤出特别响亮的声音后，双腿无力颓倒。两眼闭起，嘴巴也放松力量。

真琴快速冲向前，一把搂住女儿的身体。

知纱全身瘫软，浑身无力。

不过，倒在真琴肩上的脸庞，已恢复平常的表情。嘴巴微开，吐出呼吸。

应该赶走了吧。总之没事了吧？

知纱突然睁大双眼。

"……啊啊，啊，窗、窗……"

她胖嘟嘟的小手绕过真琴的身体——

"户……开开……进来……"

眼神涣散，发出诡异的声音。

真琴回过头望向我，视线立刻挪向旁边。

她注视的前方是阳台敞开的窗户。

"……窗户开着——**有办法进来。**"真琴茫然地如此说道。

栏杆外猛然出现两道黑影。是手！暗灰色的大手和长长的指甲抓住栏杆。

真琴立刻转了一圈到我身边，递出知纱。我蹲下接过。眼角余光看见抓住栏杆的长长指甲在使劲，两手之间又爬上一道漆黑的影子。

黑色长发，中间是紫色的，扭来扭去在蠕动——

那是嘴巴，张大状态下的口腔内部。

发黑的巨大舌头吐出垂下。

"快逃！"真琴呐喊的同时，将我推向屋内。我抱着知纱背部着地，从背脊一路痛及全身。我呻吟着勉强站起来后，阳台的窗户在我眼前砰地用力关上。那一瞬间 ——

窗户的玻璃上鲜血四溅。

红色的飞沫接二连三地逐渐覆盖玻璃，视野染成一片通红。

传来真琴含糊的呻吟声。

我想象阳台上的光景，立刻甩了甩头消除画面。望向怀里的知纱，她表情茫然地回望我。我听见她以微弱的声音低喃："妈妈……"便使劲紧抱她。

必须赶快逃走，立刻带着知纱逃离这里。

我一把抓起知纱的外套和装有钱包和手机的包，冲出家门。

八

我和知纱坐在西武新宿线上井草站，上行列车站台的长椅上。

解开知纱身体上的绳结时，我担心她会不会又像刚才那样用别人的声音说话，或是做出诡异的行动，但看见知纱手中的东西后，我才相信不会有事，解开全部的绳结。

知纱小小的手中，有着一枚装饰奇特的银戒。

是真琴的戒指。她在让我们逃跑时，瞬间塞进知纱的手上。

我不知道这枚戒指有何效果。不过，想必类似护身符，能避免邪恶的东西靠近吧。我想起之前护身符在眼前一个个被撕裂时，她以指尖玩弄着这枚戒指，念念有词的画面。

也想到真琴目前这一瞬间，正处于毫无防备的状态。

她是否平安无事？让我们逃跑，受伤之后，现在状况如何呢？我想象最糟糕的事态，直打哆嗦。坐在隔壁长椅上的知纱，叫了声妈妈，将她的小手搁在我的膝盖上。

我感受着这份触感，思考下一步该怎么走。

来到车站固然没错。但该去哪里才好？

秀树的老家。

能想到的目的地只有那里。

可是，公公婆婆把秀树的死怀疑到我头上，实在不想去他们那里。

心里明白现在不是说这种话的时候。况且他们也很疼爱知纱。知纱虽然说不上对他们敞开心房，但至少也不讨厌。

只要我忍一忍就好。

"去田原先生的老家是最好的选择吧。"野崎在电话另一端冷静地说。我打电话给他，告诉他刚才家里发生的事，并询问他今后该如何是好，他便给了我这个答案。明明他心里肯定也很担心真琴。

"我也考虑过在自己或真琴家设下结界，但以前——田原先生那时，你们母女逃到他老家后，并没有受到任何伤害。我想固然是因为对方一开始的目标就是田原先生——"野崎说到这里，暂时停顿了一下，接着说，"或许也跟他老家在京都这一点有关。我推测它应该是讨厌晴明神社、五芒星和九字纹……"

　　我听得一知半解。果然是因为挂心真琴的状况，而无法冷静吧。

　　"真的很抱歉。"

　　我说完，他立刻以克制情绪的声音催促："别这么说，总之请你赶快动身。我去真琴那边看看。"

　　我在高田马场站搭乘 JR 山手线，于新宿站转搭中央线，前往终点东京站。

　　感觉电车行驶得非常慢，我拼命压抑自己焦急的情绪，即使眼前有空位也无心坐下。

　　我到新干线售票处买了一张发车时间最近的下行列车自由座车票。

　　走到附近的商店购买便当和饮料。

　　不在乎味道和价钱，只要能填饱肚子就好。

　　我依照指示牌急忙赶往最近一班新干线停留的站台。

　　下午四点半，开往博多的希望号慢慢驶离东京站。

　　放眼望去，车厢竟意外的空旷，令我松了一口气。还好人不多。在这种情况下，人多不多也许无关紧要，但我还是庆幸能让知纱舒服地乘坐。

　　知纱在靠窗的位置怔怔地眺望车窗。似乎已无精力探出身子表示好奇，她小小的身躯倚靠在大大的椅背上。

　　天色很快变得昏暗，街灯一闪而过。

　　我在简易餐桌上摊开便当，与知纱同吃。她并没有闹脾气不吃饭，我伸筷子到她嘴边，她就张嘴，机械式地咀嚼完再咽下肚。

希望号在新横滨站停靠，再次发车。接着一路行驶到名古屋站，再下一站便抵达京都站。从京都站换乘地下铁乌丸线，然后再——

我在脑中整理接下来的路径。

"尿尿。"

知纱突然冒出这句话，我望向她。

她一脸伤脑筋地看着我，难为情地说："我想尿尿。"

看来神志非常清晰，太好了。

我立刻带她去车厢之间的厕所。

一名身穿西装的中年男子刚好从男女共享的厕所出来，我确定没人等待后，便和男子擦身而过，带知纱进入厕所。

明明几个月前才刚搭过希望号，厕所单间却比想象中的还要宽阔，我安心了不少，抱起知纱让她坐在马桶上。

知纱低着头，摆动着双脚。在电车行驶的摇晃声之间，能够听见液体滴落马桶的声音。

我站在知纱的身旁，扶着不锈钢的扶手，俯视女儿上厕所的模样。

叩叩，有人敲门。我面向门。

没看见门外显示有人在厕所的标示吗？还是我听错了？

叩叩。再次响起敲门声。

我走了两步来到门边，回敲了两下。

知纱说："上好了。"于是我回去帮她擦屁股，穿上内裤、裤袜和裙子。当我在洗手台前抱起她，想让她洗手时 ——

叩叩。

又响起了敲门声。

"不好意思，有人。"我反射性地尽量大声说道。我都这么说了，总不会再 ——

"知纱在吗？"

回应的是一道女人的声音。那一瞬间，感觉电车声、空调声，一切的声音都静止了。我立刻恍然大悟。

妖怪追上来了。

追上奔驰中的新干线。

知纱差点从我手中掉落，我连忙抱着她逃到厕所角落。

叩叩。叩叩。

敲门声连续响起。

"知纱、知纱。"女人的声音不断呼唤女儿的名字。

"来人啊！救命啊！"我大声呐喊。

知纱吓了一跳，眼眶湿润，皱起脸庞。

"一起去山上吧。"

声音说完后，整扇门立刻猛烈地晃动起来。知纱哭了起来。

我紧紧抱住知纱的头，抚摸她的头发，拼命地想要安抚她，却立刻停止动作。我在发抖，夸张到连指尖都颤抖不已。

我害怕门外的妖怪。

门剧烈地晃动。门缝一瞬间透露出灰色的手。

长长的手指染成一片通红。

是真琴的血。

"别过来！"我自以为大声吼叫，然而喉咙吐出来的却是变调、沙哑的细小声音。知纱越哭越激烈，开始大哭大闹。

"我想要小孩。"

这时响起秀树的声音。

"过来，知纱。我们一起去山上玩吧。"

"闭嘴！"

我这次确确实实地从喉咙尽情地呐喊出声。

"秀、秀树 —— 秀树才不会说那种话……"

我不假思索地脱口而出。

"那、那个人，试图保护我和知纱 ——"

门依然不断地晃动。知纱尖声吼叫。

"—— 不、不受到你的伤害！"

没错。我自己说出这句话后，才清清楚楚地明白。

秀树常常会错意、得意忘形，让我和知纱感到为难、伤心。

让我们受尽折磨，这是不争的事实。

可是，他直到最后都想要彻底保护我们不受这家伙 ——这个妖怪的伤害。

闷在心里，独自烦恼，接着求助所有可能帮上忙的人。

门缝又隐约露出血红湿濡的手指。

秀树一定也曾经历过可怕的遭遇吧。我想肯定比现在的情况还要骇人吧。

即使如此，他还是坚持到底，保护了我和知纱。

不惜牺牲性命。

此时响起"呜呜呜呜呜"的低沉声响。原来是我的哭声。

我和知纱一起哭泣，在厕所单间角落不停颤抖。

不行。我不能这样坐以待毙。

我来回望着嘎吱作响的门和号啕大哭的知纱，拼命地鼓舞自己。

我们两人若是在这里有什么三长两短，秀树就白死了。

无论如何都必须保护知纱——**我和秀树的孩子**。

我将手伸进外套口袋，手指缠绕住一条细长尖锐的物体。

是绳结。

我放下知纱，站起身，用身体顶住门。门瞬间停止晃动。我拿起绳结，将内侧的锁和厕所内眼见之处突起的地方绑在一起。虽然手在发抖，但总之只要绑紧就好。绳结比我想象的还要长，还要结实。因此左右绕了好几圈。

我不知道该怎么使用这条绳结。反正只要让门打不开、把门挡住就好。

把绳结拉得这么紧，绑得这么坚固，应该没办法轻易打开吧。人都进不来了，妖怪也一样吧。

将全部的绳子绑完后，我退后一步。

以黑色与橙色两种颜色的绳子编织而成的绳结，在门内的锁绕了好几圈，与各处突起之处绑在一起，层层横向交错整扇门前。

是称为结界吗？我想起真琴和野崎曾经提起过的词。

门晃动的幅度减弱。起码几乎没露出门缝，也看不见门外妖怪的身体。

晃动停止。门咔嗒咔嗒地轻轻作响。

"一起去山上吧。去山上，知纱。"门外的女声说。

我奔向角落，抱起仍在哭泣的知纱蹲下。

"知纱、知纱、知纱……"

声音不断重复。我没有回答。

声音在布满绳结的门外，喋喋不休地说道："知纱、知纱、知纱、知、纱……知、纱……"不过音量确确实实地逐渐转小，断断续续。

一定是绳结，结界起了作用。

别过来。滚回去。给我消失。

不准再靠近知纱。

"知纱……啊，啊。"

声音改变。变成痛苦、嘶哑的声音。

"啊啊……仔……仔细看……这不是……开着吗……里面。"

这次听得一清二楚。喉咙和胸口有种被勒紧的感觉。

仔细看，里面不是开着吗？

里面是指哪里？这间厕所没有窗户。若要说其他开着的地方——

在我察觉的同时，眼前的马桶盖"砰！"地弹起。

从中伸出两只又大又长，到处染得血红的手，

马桶发出汩汩的水声，并且伸出黑色舌头，

黑色长发、小小的头、长长的脖子慢慢爬出，

露出排列凌乱的牙齿，

伸出长长的双手，

我惊声尖叫，

随后它从我手中，

抢走知纱、知纱的身体，

送往那如血盆般阔大的 ——

口中。

九

白。无边无际的白。

因为很明亮。今天很明亮。

我坐着。坐在床上。

床上很温暖，空气也暖洋洋。

我心情舒畅。

十分愉悦。

畅快无比。

双腿之间一阵凉意，我轻声惊呼。

附近一名女子察觉，掀开我的棉被。

拿下包裹在我两腿之间的东西。

冰凉的物品离去。那名女子也离去。

我又感到心旷神怡。

有人进来。

一名穿着白衣的人。医生。

另一名是陌生男子。穿着大衣。

医生和男人来到我身边。

"香奈小姐。"

男人说。

香奈小姐香奈小姐。

我重复。

男人的脸有些扭曲。

"她几乎是一问三不知。"

医生说。

她几乎是一问三不知。

我模仿医生。

男人从大衣里掏出一张薄薄的四角形物品。

拿给我看。

四角框中有一名女人。

女人的头发是粉红色的。

"她是真琴。"

男人说。

真琴。

我复诵道。

"你还记得吗 —— 这是她的名字。"

男人说。

名字。

我说。

名字。

我再说一次。

名字名字名字。

很重要。

非常、非常珍爱的名字。

A、I、U、E、O，KA、KI、KU、KE、KO，SA、
SHI、SU、SE、SO，TA、CHI——

CHI。

CHI、CHI、

CHI、CHI、CHI、

男人皱着脸孔看着我。

CHI、CHI、CHI、

CHI、CHI——

CHISA，知纱。

我的嘴里吐出一个名字。

知纱。名字。

知纱是名字。

我如此心想。

知纱是名字。

知纱。

知纱。

名字。

非常重要的名字。

非常珍爱 ——

非常非常非常。

非常恐怖。

恐怖的名字。

妖怪。

妖怪的 ——

名字。

魄 ——

魄魑魔。

"啊啊啊啊啊啊啊啊！知纱！知纱知纱知纱知纱！知纱啊啊啊啊啊啊知纱啊啊啊！知纱啊啊啊啊！知纱啊啊啊！"

我的嘴里发出洪亮的声音。

我的眼里流出冰冷的水。

医生按压住我的身体。

第三章

局 外 者

一

三十号有空吗？　阿贺见高中　上京组聚会

大木、上健、野崎：

你们好～好久不见啦ᕙ

我是寺西（寺仔）啦，大家过得好吗？

顺便说一下，今天是我家长子的幼儿园毕业典礼，这种场面真是很感动哩。

不好意思突然联络你们，我要跟阿贺见的横井太太（旧姓稻垣）、增尾、玉川太太（旧姓和泉）午餐、聚餐、喝茶聊天。

你们三位要不要也参加？

大家都说要带另一半跟孩子一块儿来，我也会带老婆跟两个小孩去，基本上会是个闹哄哄的家庭聚会。

详细信息如下～

时间

三月三十日　星期日　十一点三十分

地点 Chad Perkins 新桥店

是一家无国籍料理店，听说用早上现采的蔬菜所制作的意式热蘸酱（Bagna càuda）很好吃（增尾推荐）!

也有儿童餐。

地址在哪只要谷歌就会跑出来了（笑）

好像没有停车场，我想最好搭电车前往哟。

那么麻烦你们考虑看看喽↰

Re：三十号有空吗？ 阿贺见高中 上京组聚会
寺仔：

好久不见了 ☺

这时间定得真不赖呢! 我跟老公和女儿去秋叶原买完东西后就过去。

要培养小孩成为英才，口袋要够深呢~（笑）

你们都是怎么栽培小孩的？当天请各位多多指导、鞭策!

Re：三十号有空吗？ 阿贺见高中 上京组聚会
爱子成痴上班族（笑）寺西先生：

感谢你的邀请，我会带另一半还有两个孩子，四个人一起参加。

我去那家店吃过，很好吃哟!

我在美食博客中发表过评论，有空的话可以看一下~

以"面类原教旨主义者上原"的昵称，针对海鲜河

粉热情演说（笑）

期待聚会那天，到时见啦。

Re：三十号有空吗？　阿贺见高中　上京组聚会

大木、面类原教旨主义者（笑）：

多谢两位百忙之中快速回复！

确定最终参加人数后，会再发一封信通知各位↪

也麻烦野崎回复喽~

Re：三十号有空吗？　阿贺见高中　上京组聚会

寺西先生：

好久不见

不好意思

当天我有重要的工作无法抽身，所以不能参加

辜负你邀请我的一番好意，实在抱歉

Re：三十号有空吗？　阿贺见高中　上京组聚会

抱歉那么晚回复你。

野崎，你犯不着在意啦，毕竟是我这里突然联络你的。

我们这个聚会是定期常常举办的，下次再联络你哈。

也必须久违地问候一下野崎夫人才行哩（笑）

生小孩了吗？要是在生产方面遇到啥问题，随时跟我说哦凸

※　　　　※

　　我关掉收件箱，将手机搁在桌子角落的固定位置，注意力集中在屏幕上。我正在撰写平凡无奇的原稿。主题是信息早已落伍的"雪怪的真实身份其实是熊"的这种说法。

　　后天截稿。照这个进度，应该可以在日期变换前发给对方。对方是一间快倒闭的色情类出版社，基本上校对得很稀松，加上责编又是个典型的鬼遮眼，如果不自己注意，错字漏字会直接刊载出去。

　　刊载原稿的灵异月刊杂志的完校日是后天，责编指定的截稿日也是后天。换句话说，责编打从一开始就不打算校稿。

　　简而言之。我在心中如此笑道。

　　简而言之，这只是用来补白的文章。对发稿的人来说根本一文不值。

　　只要这些文字能凑满页面就好。

　　我快速敲打着键盘，一边回想刚才的邮件往返内容。

　　我起初心想，难得高中同学久久联络一次，真想参加同学会。一群年过三十的老朋友聚在一起吃个饭，回顾高中时期也不错。

　　不过——

　　在浏览老朋友们的对话时，我的心底却逐渐对他们涌起了类似憎恶的情绪。

不对，我就别再欺骗自己了。

我确实憎恨他们。

当天明明没有工作安排，却说谎拒绝参加聚会。

理由显而易见。

是小孩。

小孩、小孩、小孩、小孩。

我受不了那些结婚生子的老朋友，一副认为有小孩是理所当然、再正常不过的说话方式。

我难以忍受他们把这种话题强加于我身上。

当然，我也必须承担一部分的责任——至少原因在我自己。

因为我并没有将自己已经离婚的事告诉他们。

起码寺西以为我还处于婚姻状态。

这不符合事实，我跟由梨花分开正好快满两年了。

即使如此，我也不打算在刚才的邮件中报告这件事。

更没打算参加同学会，在到场的所有人面前坦承自己离婚。

伤痛早已痊愈。

我也不认为离婚有什么好丢脸的。

只是不想跟认为有孩子很普通的人扯上关系。

不想跟把没有孩子理解为异常、有缺陷的人有所牵扯。

因为那会让我觉得自己被否定。

甚至连真琴也被否定。

这是自我意识过剩吗？是被害妄想症吗？

就某种程度来说或许是吧。就算是如此好了，憎恨的情绪却完全没有消失。

我想起面容已模糊不清的由梨花。

没有五官的短发女人浮现在屏幕前。

是由梨花的幻影。

"我还是想要孩子。"

由梨花的声音。

我早就知道由梨花很久以前就厌倦我了。原因绝对不止一个。不称她心意的地方，不胜枚举。

不过，这一点却是最关键的原因。这句话才是宣告我们婚姻破裂的理由。

我无法生育。

检查结果表。

所有的栏目都印上了鲜红的"FAIL"文字。表示"欠缺"之意。

我罹患了无精症。

我刻意叹了一大口气，将注意力放回无关紧要的原稿上。

二

"我很高兴你有这份心意，但是我生不出孩子哦。"

真琴如此说道后，我立刻回答："我也是。"

"这样啊。"她露出五味杂陈的表情笑道，"那就请多指教喽。"

今年初的某天下午，我和真琴交往了。

她在回答我之前，先告知我她不孕的事实。她的心情，我尤其感同身受。

因为不想事后被发觉而受伤。

假如立场对调，我或许也会说出同样的话。

不对，实际上又是如何呢？即使同为不孕者，我跟真琴依然截然不同。

真琴喜欢小孩，经常与委托人的孩子玩在一起。去超市购物时，看见小朋友一手拿着零食在店里徘徊，她会眯起眼睛微笑。

"野崎你讨厌小孩吗？"交往后不久，真琴在她家这么问我。

"我不知道。"我在床上回答。

我是真的不知道。在幻想有小孩前，计划生孩子后，经过机械式的检查，表明自己不孕的我，不知何时便不再思考小孩的事情了。

在窗帘紧闭的黑暗客厅里，真琴一丝不挂地站着，伸了一个大懒腰后撩起她银色的长发说："我很喜欢小孩哦。爱死了。"

她纤细腹部的肚脐下方有一道横向的缝合疤痕。

我无言以对。

这个二十六岁的女人，在高圆寺一边打工一边从事副业，应该说几乎是义工性质的灵媒师——巫女之类的工作。

我是在去年秋天因杂志工作调查某一起发生在都内摄影

棚的奇怪现象时，认识比嘉真琴的。

她利用她的能力，几乎洞察出一切，引导我，救助了一名——迷途的中年男子。

结果，事情太过错综复杂，无法撰写成报道，但我对她的力量深信不疑。

真琴是如假包换的通灵者。

灵异世界神棍当道。不如说是灵的历史等同于诈欺、误认、会错意的历史。

当然，从古至今，怪力乱神的买卖层出不穷。

比如守护灵、灵气、前世等。

有不少谎称自己看得见理应看不见的东西，把苦恼的人当成冤大头，狠敲一笔的不肖之徒。骗些小钱的更是不在话下。

但是真琴不一样。我对她产生了兴趣。

我和她保持联络，偶尔主动委托她，在反复见证她的能力之中，我逐渐对她怀抱起特殊的情感。

与她的力量完全无关。

看似呆愣，实则机灵；看似冷漠，实则比任何人都要善解人意；外表令人退避三舍，却对谁都一视同仁地温柔———一细数后，感觉有些老套，但她确实魅力十足。

她的外婆好像是"YUTA"，也就是冲绳的灵媒。

是至今仍存在于当地，受人信仰、信赖的女巫医。

真琴继承了她的血统。YUTA 的资质似乎无关血缘，但若要深究这一点，可靠的样本太少。毕竟有太多谎称 YUTA

的欺诈师。

真琴不遗余力地使用她的能力帮助别人。特别是有小孩被什么东西附身、无法自在生活这类的委托，她总是一口答应。

好心却经常没好报。像是因委托人的小孩受伤而遭到谩骂，也曾被恶灵击伤。即使如此，她仍然毫不气馁地积极接受有关孩子的委托。在其他委托中，她也会和当事人的小孩打成一片。跟我交往后，也依旧不改她这种行事作风。

我起初对她的这种行为感到不耐烦。

真琴爱小孩是无所谓。但她和小孩接触，反倒会伤害到自己。

我说了几次这类意思的话来劝说她。

她落寞地笑道："但我就是喜欢啊，有什么办法。"用手弹了弹蓝色爆炸头。

她说得有道理，那是自己无法克制的情感。说来讽刺，既然她喜欢小孩却无法生育，就更应该让她尽情地去喜欢。

如此心想后，我对真琴的不耐烦便逐渐消退。

反而对像寺西、大木这些老朋友一样——有小孩，而且认为有小孩是天经地义，悠然自得地过生活的人，感到烦躁、憎恨。

说穿了不过是羡慕他们罢了。

毕竟我无法生育，妻子因此和我离婚，现在还跟不孕女性交往。

我羡慕那些下班回家后有孩子在，假日陪伴家人玩乐的人。

这确实是事实没错。反正是我内心感到自卑的问题。

不过，真的只是因为这样吗？

有孩子的父母，又有多么伟大？

虐待死孩子的父母。饿死孩子的父母。给婴儿注射兴奋剂的父母。

即使排除极端恶劣的例子，也有许多以放任主义为借口，让孩子自生自灭、遭遇危险的父母。

以及在大庭广众下毒打猛踹孩子的父母。

更有将自己的梦想和价值观强加在孩子身上，像工具一样利用的父母。

这类事情走到哪里都有一箩筐。只要在附近的公司、吸烟区、居酒屋竖起耳朵听个三十分钟，就能听到你反胃。

若是认为闲话家常与日常风景不足以成为实例的话，还有统计资料可证明。

不论强奸、准强奸这类法律上的区分，约半数的性犯罪加害者是已婚者。

虐待儿童的加害者，多半是亲生父母。

不知寺西和大木他们知道这个事实吗？

还是明明知道，却佯装一副自己很正常、健全、普通的样子呢？

又或是他们早已在家里对孩子施暴，在外头不断犯下性犯罪，只是我不知道罢了？在这种情况下，披上正常的外衣？

真可笑。每个人都是笑柄。

每当我没跟真琴见面，工作不忙时，回过神后都发现自己像这样在脑中诅咒、嘲笑、憎恨那些人。

当头脑快要爆炸时，就喝得烂醉如泥，一头倒在摊开的被褥上。日复一日。

所以——和田原秀树见面时，我也立刻对他摆出轻蔑的态度。

那是三月在阿佐谷车站附近的咖啡厅发生的事。我经常来这里和人商谈事情。

他口口声声说担心小孩、担心妻子，每一句话中却处处强调自己是过着多么普通、正经的人生，作为社会的一分子有多么尽心尽力。

比起小孩、家人，更重视自己无聊的自尊的家伙。田原给我的印象就是如此。

我带他去找真琴，真琴告诉他"要善待家人"时，我便几乎肯定自己判断无误。

田原勃然大怒地离开真琴家后，我问她："那家伙的家庭并不美满吧？"

"我也不知道呢。"真琴胡乱搔了搔她粉红色的头发说道，"不过，有嫌隙。而且非常大。照那样，不管多么弱小的灵都能轻易入侵。"

我觉得很可笑。不过，我没打算在真琴面前吐露我的心声。

田原有一个快满两岁的年幼女儿。

真琴面有难色。

很容易想到她在担心那个小女孩。

三

所以，当真琴说出想去田原家时，我也一点都不意外。

而且，我也对田原提到的妖魔颇感兴趣。

魄魖魔。

呼唤人，把人掳到山上的妖怪。

源自欧洲的 bogeyman，经过口耳相传留下的产物。

那东西盯上了田原秀树和他的家人。

虽然不知道有多少可信度，但我只是单纯地想要调查魄魖魔。

我在工作之余开始调查，却成果不佳。找不到任何文献资料。我甚至差遣熟人，与《传教士的足迹》作者濑尾恭一的遗属取得了联系。

"我不太清楚父亲的事。我已经不想再想起这个人了。"

濑尾的独生女是个清瘦的中年女人，一见到我劈头就这么说，跟拒绝采访没什么差别。

我决定直接动身前往三重县的 K 地区留宿。采访费当然是自掏腰包。虽然存款减少令我心痛，就算查出些什么也卖不了几毛钱，但我时间倒是挺富余的，因为出版业越来越萧条。不过，没办法，谁教我对它好奇。

我从东京搭乘长途巴士前往伊贺上野，造访事先预约好的民俗资料馆，阅览书库的文献。由于文字没有电子化，没办法检索，但毕竟是 K 地区的文献，资料数量非常集中。反过来说，就代表资料极为稀少的意思。

　　我只找到小杉哲舟的《纪伊杂叶》。我早已跟唐草要来复印件，内容也大致浏览过了。这次是白跑一趟。

　　我抱着死马当活马医的心情去问了工作人员，但没有一个人曾听说过魄魕魔。

　　当我一无所获地走出 K 车站的检票口时，太阳已经开始西斜。

　　就结论而言，我在这里没有打探到什么消息，成果为零。

　　倒不如说，心情上也愈发消沉起来。

　　我在静谧的住宅区向路人打听，请对方告诉我有没有什么人对这方面比较熟悉。我依言走访木造的老平房、褪色的两代同堂住宅一楼。这群久居此地的老人家，通常都会说出下列两种回答：

　　"不太清楚哩。"

　　"现在哪还有啥妖怪。因为年轻人压根儿就不相信有妖怪。"

　　老人未必博学多闻、远虑深思。我反复听着含糊的否定与感慨"想当年"的陈腐牢骚，入夜时分已筋疲力尽。

　　我的耐心耗尽，是在听取第六位老人发言的时候。

　　在铺着榻榻米的公寓一室，矮桌上摆着三罐空啤酒。没有下酒菜。

　　瘦骨嶙峋的老人回溯记忆，说他倒是知道"怨孤娘"，经常听他母亲提起，是个可怕的妖怪。这个话题并不新奇，而且我也不觉得跟魄魕魔有什么关系，但总好过其他老人。

　　在我上门造访时已有几分酒意的老人，谈完话时已喝得醉醺醺了。他搔着蓬乱的白发："好久没讲这么多话了哩。"眯起他充血的双目。

当我向他道谢，正打算离开房间时，老人突然叫住我。

"你要回旅馆了吗？是住饭店吗？"

"对。"

"从这个距离来看，应该是 × × 车站前那家吧？"

"没错。"

"毕竟这附近没地方可玩，也没地方可住嘛……"老人遥想过去般地说道，旋即又面带笑容开口，"不过，你可以去泡泡子宝温泉。很舒服哦。"

我在车站前看见过广告招牌，而且事先上网查询 K 地区时，就已知道当地最近冒出了温泉，生意还挺兴隆的。

也知道温泉名字的由来，以及主要是基于什么理由才门庭若市。

简单来说，就是"求子温泉"，而非"求神"。无法生育的人会无所不用其极地求子，不但求助现代医疗，还会求助温泉、食材这类感觉健康、含有天然矿物的东西，希望产生效果。

渴望喜获麟儿，怀上我跟真琴都放弃的新生命。

"不了，我怕赶不上电车。"

我连客套话都懒得说。恐怕也没有赔笑脸吧。老人落寞地说："真是可惜，下次再来就好。"

当我抵达一片漆黑的车站前时，被灯光照射得闪闪发光的招牌格外显眼。

我在廉价商务旅馆的狭小房间里，不想吃晚餐，也不想洗澡。大口灌着便利商店买来的酒，观看陌生的地方频道，通宵达旦。

四

实地调查获得的信息，顶多只有三重县伊贺自古以来就使用绳结来驱魔一事而已。伊贺与 K 地区 —— 地理位置很接近。我心想，即使当时的人们使用绳结来击退魍魉魔也不足为奇。

实至今日，结绳在伊贺仍旧是一项重大的产业，应该说是传统工艺吧。我和真琴逛网页，购入了两条三米长的特别订制的黑橘绳结。真琴坚持要和我两人各出一半费用。

"选择这个长度是有什么根据吗?"

我询问后，她发出低吟偏头思考了一下回答："我想的是刚好能实践以前姐姐教我的方法。"

姐姐。在我刚认识真琴时，她就经常提起她姐姐。

总结来说，她跟真琴一样是巫女 —— 应该说是巫女前辈吧。打从义务教育时起，就开始替人驱邪赚钱，是个除魔老手。据说年过三十。

"不过我们已经好几年没见面或聊天了。"真琴伤感地说。

从她的语气可以明显感受到她十分尊敬姐姐，但似乎断了联系。也听说她以前便在国内东奔西走执业。大概是忙得不可开交吧。

虽然调查魄魑魔一事迟迟没有进展，但真琴会定期造访田原家，那边的状况倒是挺顺利的样子。就连在我看来，也觉得田原太太跟真琴谈话时显得一副轻松自在的模样。而且看得出她女儿知纱也很黏真琴。虽然受不了田原还悠哉游哉对此感到开心的态度，但我也没打算干涉。

话是这么说，但我也算是开始对田原家产生了一点兴趣吧，当然不如魄魑魔就是了。

我隔了许久再次做了糕点，让真琴带过去。这是我在和由梨花不满三年的婚姻生活中，学到的少数技能之一。

"谢谢你上次送来的甜点。知纱吃了好多，直夸好吃。"隔周我一登门拜访田原家，田原就如此告诉我。我不知该作何反应，同时又感到安心。因为知道由梨花教我的手艺还宝刀未老。

我没有恨过由梨花，但这时我才终于能坦率地肯定由梨花的存在，以及我和她一起生活过的事实。这种感情与我对真琴的情意完全不冲突。

真琴看起来很开心。从田原家回来时，她总是在谈论知纱的事。

不论是在电车上、用餐时、回我或她家时，还是在被窝中。

我喜欢看着这样的真琴。

然而——

妖怪魄魑魔却比想象中还要来得强大。

只是填补嫌隙，根本无法抵御它。

我第一次看见真琴如此惊慌失措的模样。

也是第一次看见东西被超常的力量破坏得如此支离破碎。

我原本以为灵媒畏惧妖魔而退却这种事，只会在虚构的故事中出现。

事实上却有一位灵媒在我身旁被咬断手臂，我眼睁睁地看着她在救护车上死去。

还有——田原秀树也死了。

头和脸部被吃掉了。躺在血淋淋的客厅里。

田原死了。

我也第一次因为毫无关系的陌生人的死亡而感到震惊不已。

真琴比我还一蹶不振。

完全不吃饭，在床上哭了好几天。我安慰她也哭，我动肝火她也哭。一下子人就瘦了一大圈，脱落的粉红色头发凌乱地布满整个房间。

当我好不容易让她情绪平复下来，多少吃一点饭，帮她戴上黑色假发，带她去田原家时，葬礼早已结束。

香奈异常冷静。她利落地处理事情，利落到难以用"为母则强"这类俗套话一语带过。

唯独知纱的托儿所无法单凭她的努力就能找到。于是我和真琴再次开始造访田原家。

真琴在高圆寺一家名为"异乡人"的吧台酒吧打工，上班时间是晚上八点到凌晨三点。换句话说，她白天有空。真琴尽量把打工以外的时间全都用来与田原家、知纱来往。

我则是再次调查起魄魐魔。几乎不接连载工作以外的单次性工作，把空暇的时间全都花在寻找文献，一一联络可能了解这方面的人上面。

并且开始和让田原与我两人搭上线的唐草大悟交换魄魐魔的情报。

唐草似乎很关心香奈——说得通俗一点，就是对她"有意思"，经常打电话给她。我不知道他有没有成功。不过同时他也开始积极地调查魄魐魔，并给我各种建议。

"我去关西的大学时，顺便绕到伊势神宫买了剑被。可以帮我带给香奈小姐吗？"唐草在Ｓ大文学院大楼的民俗学研究室把剑形神符交给我。

"你自己交给她比较好吧？"我问。

"你不是常去她家吗？由你交给她比较自然。"唐草露出爽朗的笑容回答。

"我想由你亲手交给她，她也会比较高兴吧？"

我如此说道后，唐草开口："她好像满脑子都在考虑知纱的事呢！"一脸无奈地叹息。

无论如何，多一个想要保护田原家——香奈和知纱的人，总是比较安心。

然而——

真琴每天跟知纱玩耍，体重也慢慢恢复，但随着日落时间变早，天气越来越寒冷，她回家后的情绪也益发忧郁。

有时会把脸埋进被单啜泣。顶着妆容流泪，妆脱落沾到床单，留下黑色与粉红色的痕迹。

我想她是介入太深，投入了过多的感情。

"别再去照顾知纱了，有我照顾就够了。"真琴那天又裹着棉被哭泣，我对她如此说道。

棉被不停地蠕动，我明白她是在摇头。

"香奈小姐跟知纱母女情深。你不去照顾知纱，她也会马上找到托儿所吧。况且对手可不是把嫌隙填补起来就能驱离的。你姐不是说过了吗？"

真琴的姐姐自那天起就没有联络我。似乎也没有联络真琴的样子。

"可是啊，"棉被里发出细小的声音，"知纱很可爱嘛。会让我忍不住想要帮她啊。"

"每天陪她玩就有办法解决吗？"

真琴沉默。眼前的一团棉被，只发出微弱的布料摩擦声。

"不是只让你感到痛苦吗？"我说。

真琴没有回答。

"只会让你想要孩子吧？"

棉被里的真琴一语不发。

"真琴。"我叹息道，"那终究是别人家的孩子。适时——放手才好。"

棉被一跃而起，枕头朝我飞来。我千钧一发之际用手臂挡了回去。

枕头撞上白墙，掉在地上。

我望向床铺，发现真琴一双大眼通红，眼周黑成一片，狠狠瞪着我。她咬紧牙齿，抬起视线："什么叫'终究'!"发出比平常还要低沉的嗓音，"别人家的孩子就要随便应付吗? 不能喜欢吗?"

"我没那么说。你——"

"闭嘴!"真琴大喊。瞪大的双眼落下豆大的泪珠，在她灰色的连帽运动服上留下点点水渍。

"我只能拥有别人家的孩子啊!"真琴颤抖着声音说道，"你不也一样吗? 干吗讲得一副超脱的样子!"

我沉默。

走在大卡车与出租车呼啸而过的深夜的环状七号线沿路步道，我思考着自己和真琴的事情。

真琴说，因为无法生育，所以只能去爱别人家的孩子。

我——则是基于同样的理由，怨恨别人家的小孩。憎恶小孩和他们的双亲。

前者显然健全又正面，甚至美好。

但我无法抱持像她那样的心态。

因为那就等于承认自己有瑕疵、有缺陷。

跟因为没钱，所以去借钱一样。

跟因为没东西吃，所以去领救济食物一样。

我曾在某一篇报道上读到，有许多丈夫不愿接受不孕检查。

不想承认自己是造成不孕的原因，甚至有不少男性拒绝接受检查以确定原因是否出在自己身上。

我也跟那些人一样。不，或许不如他们吧。

尽管接受检查，不孕的事实摆在眼前，我依旧不愿承认自己的瑕疵和缺陷。

还试图装作一副自己本来就不想生小孩的模样。

五

半夜，我接到香奈打来的电话 —— 魄魑魔再次盯上了田原家。听说知纱的诡异行为后，我只能得出这个结论。

同时，也冒出几个疑问。

第一个疑问是：

既然魄魑魔逐渐逼近，为何几乎每天待在田原家的真琴没有察觉？姑且不论她是否有办法对抗，但应该能够察觉到才对。

第二个疑问是：

唐草托我转交给香奈的剑被，为何没有效果？就算效果无法达到结界那般灵验，只要不一一破坏那些护身符或神符，照理说魄魑魔应该无法袭击她们家人才是。

据香奈所说，她收下剑被后，一直摆在佛龛上。

即使在非科学、超常现象的领域中，也必定存在着逻辑和道理。并非万事皆可成立。不过，田原家发生的事却不合理。

"我完全没发现 ——"真琴脸色苍白地如此回答。

想也知道她会责怪自己，我立刻接着说："不是你的错，这应该有什么原因。"

真琴一脸铁青地瘫坐在床上，始终低着头。

"那的确是在伊势神宫买的。"

唐草神情困惑地歪着头。

星期五白天，Ｓ大文学院大楼的民俗学研究室里，唐草将摊在桌面的课堂测验答案卷推到桌边问道："发生什么事了吗?"

"不，没事。"我回答。

这反而是问题所在，令人费解，正当我想要说明时——

"果然比起伊势，还是京都比较灵吗? 我也有晴明神社的神符哦，叫作方除符。"

唐草从抽屉拿出一张白色大符。

白色的包装纸上用毛笔写着"晴明大神""方除守护"这几个大字，外面裹一圈黑色的细纸条固定住。

毛笔字上印着朱色的五芒星。

"晴明桔梗印……"我嘟哝道。

于是唐草点了点头："三重志摩的海女们称同样的图形为五芒星九字纹，会把黑线绣在手拭巾上用来驱魔。因为是很普遍的图形，难以一概而论。但可能是受到晴明——阴阳道的影响。"

"原来如此。"

我早就知道五芒星九字纹的含义，在调查魍魉魔的过程中也得知志摩的海女们在畏惧什么，但我没打算插嘴。

"所以，这次的事情可能用这个比较好。不只地理位置相近，还有民俗学依据。"唐草如此说道，递出方除符。

　　毕竟田原丧命，他在心境上似乎"不得不接受"妖怪、魄魑魔的存在，但身为一介民俗学者，总不能轻易承认超越常理的存在吧。即使如此，唐草还是关心遗留下来的家人，尤其是香奈，想要帮助她们。既理性、公平又正直，我认为他是个了不起的男人。

　　我离开研究室，踏出文学院大楼古老的门时——

　　"野崎大师。"一道语调松散的声音叫住我。

　　我循声望去，看见一个理着平头、眼睛浑圆的矮小青年，面带微笑地朝我走来。十月将近尾声，他却只穿着一件黑色短袖 POLO 衫。

　　他叫岩田哲人，是唐草研讨会的研究生。

　　"您去过唐草老师那里了吗？"

　　"是啊。"

　　"是去讨论魄魑魔的事吗？"

　　"没错。"

　　"要是写成报道要告诉我哦。不过，我订阅了《胡说八道》《亚特兰蒂斯》和《奇奇怪怪》，在您告诉我之前，我应该就会看到了。好久没看到野崎大师写的专题报道了——"

　　"别叫我大师啦。"

　　"嘿嘿嘿。"岩田傻笑地抓了抓他那颗圆头。

　　他是我通过唐草认识的灵异迷研究生，个性认真到有些偏执。据说一有空就跑遍全国，搜集稀奇珍贵的书籍。没空也会上网搜购。涉猎的书籍类型从独裁社长的类色情自传，地下偶像自制自售、令人汗毛直竖的角色扮演写真集，到桃山时代的僧侣所绘制的幼稚拙劣的地狱绘图。范围之广，应该说是全无节操。

他是这类人当中难得会仔细阅读搜集而来的书本的人，所以我向他说明魄魕魔的梗概，请求他协助，希望他若是在旅行过程中或是网络上发现相关的消息，通知我一声。

"小众媒体？"我坐在学生餐厅的餐桌前，探出身子问道。

对面的岩田并未动手享用我请的中华套餐，从破破烂烂的背包拿出一本单色印刷、B5大小的小册子。上头写着"矮牵牛通讯　第十八期"这个微妙的标题。岩田翻开小册子给我看，开口道：

"就是这个。奈良R大学校刊社在一九七〇年代推出的小众媒体。制作人员表上有濑尾恭一的名字哦。我上网确认过他的经历，应该不是同名同姓的其他人。"

后方页面的制作人员表上确实写着"濑尾恭一（四回）"。

"然后啊——"岩田快速翻页，"这边这边，《米糠味噌的香气》。算是老奶奶的生活小智慧吧。是一个介绍通常不会被大众媒体采用的老爷爷老奶奶的一些芝麻小事或是恐怖经历的企划，很有意思哦。像是之前的十七期那本——"

"这一期写了什么？"

即使我不客气地打断岩田说话，他也不怎么在意，反而还喜滋滋地回答："这个嘛，刊载了一位出身K地区的老婆婆的谈话。而且一直在讲妖怪的话题。该怎么说咧，就像是现在喜欢恐怖题材的女生一样，真可爱——"

"内容在讲什么？"

"提到了魄魍魔哦。"岩田笑容满面地说道。

在专门书籍和古文书中都遍寻不着的"魄魍魔"这个词，竟然刊登于学生制作的小众媒体一隅，而且被搜集宝书的狂热分子找出来。尽管我一时半刻难以置信，但情绪还是自然而然地高涨起来。

我喝了一口罐装咖啡后，深呼吸。将手伸进放在桌上的包里，拿出香烟。结果掏出的力道过猛，包里的东西一起飞了出来。数字相机、钱包、名片夹、暂时保管收据的透明袋，以及刚从唐草那里收下的方除符。

"哎呀！"岩田突然惊呼了一声。浅浅一笑，看着零乱的桌面。

"怎么了？"

"没有啦，只是没想到现代竟然还有人在用魔导符呢。"

"磨捣扶？"

"就是这个啊。"岩田一手拎起方除符，"你当然是在知情的情况下才带的吧。不愧是野崎大师。"自顾自地佩服起来。

"不，我不知道。抱歉，可以告诉我吗？"

我老实坦承后，他别说失望了，甚至越来越钦佩："您真是谦虚啊。果然认真的撰稿人就是——"

"'磨捣扶'是什么？"

岩田拿起满是裂痕的手机，打开记事簿，迅速地按压触控面板说道："简单来说——"

魔导符

"——就是召唤邪灵的道具。"

"……你说什么?"我看着液晶屏幕上显示的文字,只问了这一句。

岩田将方除符拿在手中。

"算是民间信仰吧。在关西似乎只普及到江户时代,据说当时相信只要将神圣的神符或护身符稍加改造,就能**反其效而行**。说得简单一点,就是诅咒。"

我一时之间无法言语。岩田可能没察觉我全身僵硬,接着说:"不过,因为废佛毁释造成的混乱,这方面的信仰也一扫而空。但就学术上而言是成立的。反正我个人认为,就算现在有人会使用魔导符也不足为奇。"

我用咖啡润一润瞬间干燥的口舌,用手指指着方除符:"这——被动过手脚吗?不是本来的模样?"

"没错。"岩田立刻回答,"不知道该不该称之为水引结,但这中央的纸,原本是红色的。这个却是黑色。最常见的改造方式是——"

岩田用指尖快速扫过方除符的边缘说:"角落上用**墨水涂黑**。"

我想起唐草交给我的剑袚,相当于剑尖的纸张角落,确实被墨水涂黑。

"话说,您不知道个中缘由就带在身上是怎么回事啊,大师?"岩田以一贯悠闲的语气问道。

　　我勉强回答："是认识的人给我的……"

　　他便"咦咦咦咦"地大呼小叫着说道："就正常逻辑思考，您这是'被诅咒'了吧?"

　　我心想正是如此。照理说是这样没错，换句话说——

　　那个剑袱是允许、指引魄魑魔入侵。

　　准备这样物品的人物，在诅咒田原家。

　　"嗯? 等一下，话说您那个熟人也有可能不知道那是魔导符吧。不过，就算如此——"岩田盘起胳膊，闭上双目，开始苦思。

　　我站起来冲出餐厅。

　　脑海中立刻推翻了岩田方才的疑问。

　　对方怎么可能不知道魔导符。

　　那家伙——唐草大悟，可是民俗学者啊。

六

　　粗暴地打开民俗学研究室的门，大步走进没有其他人在的室内。唐草坐在最里面靠窗的宽阔座位上，似乎已改完试卷。

　　"我刚才——知道魔导符的事了。"

　　态度自然随意地对他说话。唐草抬起头，面不改色地回答一句："是吗?"

　　我立刻把手背狠狠地挥向身旁书架上陈列的书背。"砰"一声的同时，唐草脸色为之一变，立刻站起来劝阻："别那么粗鲁——"

"你诅咒了田原家吧?"

我踏出一步逼近唐草,正面凝视他。我们两人的身高几乎没有差距。唐草的嘴角旋即勾起一抹浅笑:"诅咒?是香奈小姐这么说的吗?如果不是,就称不上是我'诅咒'的。对方必须先有'被诅咒'的认知,才构成'诅——'"

"给我闭嘴,呆子!"我操着关西腔吼他。尽管很久没发音,还是自然而然地发出威吓感十足的声音。

唐草显然感到畏怯。

"——你不是对香奈小姐有意思吗?"我故意改回标准语问道。

唐草回避我的视线:"我本来打算只要她答应我的追求,就立刻收手的。"边回答边将整个身体转向旁边。

"你都老大不小了,在搞什么啊?"我忍俊不禁,嘴里吐出百分之百的嘲讽。

唐草再次望向我,眼睛充血地也笑出来答道:"总比田原好吧?"

大概是认为我不明白他为何这样说吧,旋即一五一十地道出事情的缘由:"今年初我们时隔多年在新宿的居酒屋见了一面一起喝酒。见面之前,我纯粹开心能与田原相逢,算是叙旧吧。但是——我立刻打从心底感到厌烦。开口闭口都是小孩的事。小孩、小孩、小孩、小孩!再不然——"

他充血、乌黑暗淡的脸庞,浮现僵硬的笑容。

"——就是经常光顾的风月场所,在职场上玩了几个女人这种话题。"唾弃般地说道。

"在酒馆聊的话题不都是这样吗？更别提有小孩的上班族了。"我只是提出一般见解，没打算做个好听众，唐草抱怨这些，跟在酒馆里发牢骚没什么两样。

"我也是那么想啊。"唐草从鼻间发出冷笑，"不对——从很久以前我就抱持着这种想法活到现在。大学里也是大同小异。几个了不起的教授喝酒时聊的同样不外乎是小孩或女人的话题。我就这样陪他们好几个小时、好几天、好几年了。"

唐草在椅子上坐下问我："你心里不会想说与我何干吗，野崎？"

见我未答，他便迫不及待似的舔舐干涩的嘴唇，蓦然温柔微笑道："你最初来采访我时，我就从你身上闻出同类的味道。"

"同类？"

"没错。比起组织家庭、养育小孩，或者有空就赌博、玩女人，有更重视、想放在优先顺位的事情，对其倾注全部的热情，奉献整个人生。就是这种人的味道。之于我是民俗学，之于你则是灵异。对吧？"

"这个嘛——"

"你也……"唐草打断我的话，"不想知道别人家的孩子在上哪所学校吧？用电脑偷看些什么根本无关紧要吧？有其他更想知道、更想调查的事情吧？"

他目光灼灼，越说越激动："什么女下属对自己有意思，只要稍微撩拨就肯定会上钩；什么外遇的女大学生好像有神经病，想跟她分手，结果当天又在一起了。老是被迫听这种话，不会心理扭曲吗？不会觉得浪费我的时间吗？不会想要勒死一副像是在传授泡妞技巧的样子、说个没完没了的下流坯子吗？我受够了！连过去的朋友都沦为这种人！我总有权诅咒一个小鬼跟一个女人吧！"

唐草终于大声吼叫。唾沫飞溅桌面，指尖挥到的答卷漫天飞舞。

细心梳理的头发凌乱，深邃端正的五官丑陋地扭曲。

也不顾怒吼声是否会传到走廊，这一瞬间是否会有人进入房间。应该说，他根本没想到有这种可能性吧。

我一语不发地看着唐草。

看着他急促的呼吸逐渐平缓、开始疲惫时，我说："那我就跟你聊聊你喜欢的话题吧，唐草老师。"

唐草没有回答，沉下腰坐在椅子上仰望我。

"有一种妖怪叫作共潜（tomokaduki）。和魄魑魔一样，都是三重县流传的妖怪。"

"是啊。"唐草以低沉的声音接着说，"不过，是流传于志摩的海边。那是海女们畏惧的妖怪。刚才提到的五芒星九字纹，就是用来驱逐共潜的。"

"听说共潜会化身为一般海女的模样——与目击者一模一样的姿态。"

"是没错啊。"唐草一脸狐疑地回答。大概是不明白我说这些话的用意吧。

"以一介三流灵异撰稿人粗浅的见解来说，"我浮现自嘲的笑容，"应该是分身现象转变而来的吧？目睹和自己一模一样的存在、数日后便会死亡的这种古今中外普遍传说的现象……"

"也有专门研究这方面的专家。所以呢？"唐草口气不耐烦地问道。

我眺望着他身后的窗外，一鼓作气地说：

"据说共潜会将海女拖到海底杀掉。所以目睹共潜的海女，基本上不会再潜到海里——可以说是提早退休。毕竟有过攸关生死的经历，这也是理所当然的吧。但有趣的地方在于，据说除了目睹共潜的海女本人以外，其他听闻过这段经历的海女也纷纷暂时停工。怕成这种程度，实在是非比寻常。"

唐草沉默不语。我凝视着他的双眼："老师，为何海女如此惧怕共潜呢？"

"毕竟大海本来就已经够可怕了。不管共潜出不出现，一直潜水都是会丧命的。"他语带叹息地说。他似乎没打算认真思考回答，但也不会胡说八道——而是根据一定的事实回复。从这一点看来，只要事关工作，无论遇到何种状况，他都会认真以对吧。真令人钦佩。

"原来如此。依照老师的解释，共潜是对大海的畏惧本身喽。"

"那只是肤浅的想法。就算获得证实，也毫无学术上的价值。"

"我的看法就不同了。"我如此说道，双手撑在唐草的桌上，从上方俯视他。

看着他在观察我的态度，我开口道："人们自古以来就认为和自己一模一样的东西十分骇人。甚至传言，不能看见，看到就会死亡。那是为什么？现在的我能明白。起码我感觉我能了解。"

我停顿片刻，接着说道："那是因为——面对自己的丑陋、厌恶、懦弱、愚昧，痛苦得难以忍受。看着您我就彻底明白了。拜您所赐，我现在心情糟透了。"

我对表情错愕的唐草抛下一句："真是多谢您了。"损人不带脏字地离开了研究室。

我一边下楼一边拿出手机，打算联络真琴。既然剑被完全无效——甚至有招魔的作用，就必须让真琴立刻布下结界，更别说现在知纱有可能遭受某种攻击了。我开始后悔刚才跟唐草废话太多了。

岩田传来一封邮件，主题是"矮牵牛通讯扫描文件"。

我开启附件文档，打算快速浏览一遍。

颜色变成褐色的纸上，罗列着密密麻麻、有些弯曲的铅字。

老婆婆的照片、小标、本文。

我快速读过字面，立刻便理解了状况，明白知纱身上发生了什么事。

老婆婆的谈话中如此写道：

……就连魄魑魔这个妖怪，我也是从父母和亲戚那里听来的。据说平常栖息于山中，偶尔会下山掳人，带回山上。所以当我晚上不睡觉时，就会听到"魄魑魔要来喽!""会被带到山中哦!"这种吓人的话。除此之外，也曾听过魄魑魔会模仿父母或兄弟姐妹的声音，引诱小孩到山上。一人独处时，就算听见远方传来妈妈的声音，也不能循着声音过去。身体突然擅自想往其他地方去时，也不能任由它行动。因为那是魄魑魔搞的鬼。同样的妖怪，传言也会有微妙的差异。像是姑获鸟这种妖怪，也大致分成两种说法流传。一种是鸣叫声，一种是让女人抱小孩的版本。对这种事情感兴趣，我是不是很奇怪……

"我开扩音了哦。"手机另一头的真琴说。

虽然她轻轻吸鼻水的声音让我在意，但我立刻打消念头说道："真琴，马上在那里布下结界。"

七

转动 Bellissima 上井草三〇二号房的门把，门毫无阻力便打开了。

听说真琴为了保护香奈和知纱，一个人在阳台对抗魄魑魔而受了伤。

我奔过走廊，来到客厅，倒抽了一口气。看见沾满鲜血的破碎玻璃窗，我强忍着呐喊出声的冲动跑了过去，跨越玻璃片，望向外头。

一片通红。阳台地板、凹陷的栏杆、弯曲的晒衣竿、衣架，全都血淋淋的。

真琴不见踪影，但也没有可躲藏的地方。

绳结掉落在阳台角落。邻近的地板上到处印有赤黑色的小小手掌印。

眼前的光景与脑海中描绘的最糟情况，令我瞬间背脊发寒。身体不适地低下头后，发现散落脚边地毯的玻璃碎片也血迹斑驳。

室内有玻璃碎片。

我环顾四周。来的时候心急如焚，以至于没发现和室的门脱落倒塌，餐桌移动到厨房入口。墙面也到处凹陷、壁纸剥落。

甚至闯入了室内吗？既然如此——

我进入和室。室内一如往昔整整齐齐，没有"争斗过的痕迹"，真琴也不在。

佛龛上供奉着剑鞁——不对，是唐草的魔导符。我抓起魔导符，犹豫了一下，撕成两半扔掉。

走出和室，推开餐桌进入厨房。也不在这里。

"真琴！"在思考之前，我已先开口呐喊。"你在哪里！"紧接着冲出厨房后，我注意到走廊地板上血迹斑斑，一路向前延续。

血迹描绘出之字形轨迹，途中转弯，一路延续到洗手间。

洗手间被破坏得惨不忍睹。

洗衣机倒卧在地，置物架折断。白色洗脸台出现巨大裂痕，镜子连同整个化妆台被扯下墙面，倒在浴室门前。镜面反射出我愚蠢的脸。

视野捕捉到粉红色彩。真琴的头发、血红的手，被压在镜子和化妆台下。

我跨过洗衣机，抬起化妆台后，便看见浑身是血的真琴瘫倒在地。

"真琴，你还好吗!"我抱起她，双手传来温暖的触感。虽然被血溅脏的脸庞色如死灰，但还有气息。眼睛半睁，似乎失去了意识。任凭我怎么摇晃、呼唤，都没有响应。

我费了一番工夫掏出手机，想要拨打119，手指却因为血液打滑，触控面板没有反应。别着急。我克制住急促的呼吸，慢慢地用手指摩擦面板。

真琴的脸颊、手臂、肩膀都受了伤。虽然被鲜血遮盖住，不易辨识，但她身上随处可见，描绘出弧形般上下并列的凹陷伤口，那无疑是齿痕。右肩特别深的伤口闪耀着黏稠的光芒，血尚未止住。

我说出地址挂断电话后，抱起真琴返回客厅，让她躺在沙发上，再次折回洗手间借用毛巾按住伤口。

白色毛巾逐渐染红。我加强力道，真琴发出轻微呻吟。

我反复呼唤真琴。她乌黑的大眼盯着虚空，片刻后才慢慢聚焦。

"……知、知纱呢……"

"和香奈小姐去京都了，目前平安无事。"

"这样啊……"真琴在痛苦中露出些许安心的表情，"呼"地吐了一口气。

"那个——怎么样了？"为了保险起见，我问道。虽然不认为它在现场，但也可能只是我察觉不出罢了。

真琴苦着一张脸回答："镜、镜子……"

因为听不懂话中的含义，我沉默着不知该如何回应。

"镜子怎么了？"

我好不容易挤出这个问题后，真琴呼吸难受地吐出："只……只有一根绳子，不好对付……不过……"

"不过？"

"我想它应该讨厌镜子……就跑到洗手间。"

我大致了解了状况。洗手间的镜子，似乎在岌岌可危之际，保护了真琴。

这个真琴怕得直打颤、她姐姐断言"极为难缠"的魍魉魔，竟然也厌恶传统的避邪物——镜子。

我表示领会后，真琴发出微弱的呢喃。我将脸凑近她，她断断续续地说："……你……是来，救，我，的吗？"

我触碰她冰凉不已的脸颊，在脑海里说服自己一定要冷静回答："正在救的过程中，别松懈。"

"……咕呵。"真琴突然发出奇妙的声音。溅血的面容浮现虚弱的微笑。

刚才那是——笑声吗？

真琴用她那双大眼凝视着我，挤出这句话："……野崎你，果然，很帅气呢……"随后剧烈地咳嗽，目光再次变得朦胧。

不能让她睡着。要不然可能再也醒不过来了。我频频拍打真琴的脸颊。

她瞪视着我——

"喂……"发出嫌恶的声音。

"别睡，睡了会死的。"

鸣笛声越来越近，我不断呼唤真琴，直到救护人员按响门铃。

八

我不知该如何向医生解释原因，总不能说是被妖怪咬伤的吧。

话虽如此，还是比逢坂那时好多了。

由于逢坂没对家人透露自己在当灵媒帮人除魔，因此极难向警察和遗属说明手臂被扯断的来龙去脉，以及当天她为何会在那时出现在那家咖啡厅。即使坦承一切，我也不认为心慌意乱的丈夫和号啕大哭的孩子们能够接受。于是我坚称自己一无所知，抛下逢坂的家人，逃也似的离开了医院。

真琴伤得很深，出血也很严重，所幸性命并无大碍。看见在病房里脸部、全身都缠满白色绷带入眠的她，我松了一大口气。

但接下来才是问题所在。

起初真琴还有朦胧的意识，但住院后却始终沉睡不醒。

主治医生说，这跟意识不清或昏睡不同。虽然呼吸略微混乱，也有发烧，却检查不出她为何失去意识、迟迟不醒。

"我也曾怀疑过是不是病原菌造成的，但检查结果似乎显示并非如此。我只能保证不是狂犬病……"白发苍苍的医生表情困惑地说道。

"这样啊。"

"还有，她腹部有手术过的痕迹，以前罹患过什么疾病吗?"

"好像得过癌症的样子。大约五年前，摘除了整个子宫。"我语气平淡、不带感情地告知。

"原来如此。"医生深表同情地说道，随后又开口询问，"那么……你知道那些像咬伤的伤口，是怎么造成的吗?"

"不知道。"我如此回答。

医生看来接受了这个答案，但警察可就没那么好糊弄了。

真琴住院一星期后，有个男人来找我。

"您认识这名女性吧?"

黄昏时分，医院附近的咖啡厅。

一名个头矮小、皮肤黝黑，自称福冈县警，姓村木的中年刑警。他如此说道后，拿出一张照片给我看。

照片里是一名年过三十的女人，穿着类似睡衣的服装，背对白色墙面。

是田原香奈。

　　我之所以无法立刻认出她来，是因为照片里的她死气沉沉，表情空虚，宛如亡魂或僵尸。

　　"上周在博多站希望号的厕所被人发现。虽然没有受伤，但精神状态不正常。简单来说就是……"村木用食指在脑袋旁边转了转。我立刻理解了他的意思，但还是第一次亲眼看到这种老派的手势。

　　"怎么可能?"

　　"是真的。她目前在专门医院接受治疗。"村木停顿片刻，接着说道："我们是凭医保卡得知她的身份，寻找认识她的人，最后查到这里的。野崎先生，听说您最近跟她走得很近。"

　　村木目光锐利地看着我，似乎不想漏看我的任何言行举止。

　　我简洁地表示肯定，旋即又想起一件事："她女儿呢?"

　　"下落不明。"村木立即回答，如猴子般的额头皱纹更加深刻了。

　　他隔着衣服指了指收进胸前口袋的照片："就算问她话，也完全不得要领。几乎可以确定她是和女儿一起上车的。座位上搁着小孩的外套。那么是从新干线上掉下去的吗? 也没有那种迹象，门窗并未损坏，正常行驶中手动紧急门把是不会开启的。"

　　我没有回答。因为我轻易便能推测出知纱失踪的理由。

　　知纱是被魍魎魔 "带到山上去了"。

　　虽然不知道是被杀掉、掳走，抑或是被掳走后杀掉，但推断她们遭到那个东西攻击是再自然不过的想法。

"野崎先生。"村木假惺惺地笑道,"据说这位田原太太,前阵子才刚失去丈夫。"

"是的。"

"你是第一发现人。"

"没错。"

村木轻声低吟后,尖锐地提问道:"我就直问了,你和这位田原太太的家人是什么关系?"

我撇除关于魄魕魔的事情,陈述事实。

自己通过共同的熟人认识田原秀树,开始和真琴一起与他们一家人来往。虽称不上是朋友关系,但还算亲密。田原秀树过世后也依然保持联络。至于香奈和知纱,则是真琴和她们交情比较好。

村木时不时会插嘴提问,但并未胡乱怀疑,只是普通地询问。

和他分别后,我返回真琴所在的多人病房。

真琴躺在纯白的病床上沉眠。棉被规律地微微上下起伏,她脸色虽然苍白,表情却很安稳。

知纱行踪不明。香奈则是精神异常,被安置在精神病院。

真琴若是知道这些事,肯定会大受打击、失去理智吧。她肯定即使带伤也要去见香奈,寻找知纱吧。

我担心她尚未清醒,希望她复原的心情不假,但唯独这时,我庆幸她熟睡不起。

九

真琴住院，过了半个月。

我尽量在工作之余常去探望她。

真琴没有清醒。医生说原因不明。纵然全身的伤口、出血已治疗完毕，复原速度却极为缓慢，尤其是肩膀的伤，甚至开始化脓。

多人病房飘散着一股脓臭味。

房内的气氛沉重阴郁，感觉连其他住院患者也郁郁寡欢。

甚至有一种光是去探望她，光是待在病房里，体力便逐渐耗弱的感觉。

即使如此，只要时间允许，我都会陪在她身旁。真琴的病床在病房的最外侧，靠近走廊那一边。我坐在她的病床旁，守着她。有时会带着笔记本电脑撰稿。因出版业萧条导致工作减少，是我从以前到现在一直烦恼的事，但能因此抽出时间，倒是值得庆幸。

我望着仰躺在床的真琴的脸，脑中涌现迷惘，内心萦绕着不安。

知纱跑到哪里去了？

要是真琴就此沉睡不起。

最合理的对策是什么？

是寻找知纱吗？

还是探查魄魕魔？

可是，要怎么做？

我不知道。

那抛诸脑后就行了吗？

反正是别人家的事，只要回到自己的日常生活就好了吗？

没错。就是这样。

我再次沉浸于憎恨之中。与唐草一样丑恶。

真琴会落得这样的下场，都是因为跟别人家的孩子扯上关系。

因为插手去管有孩子的父母招惹上的麻烦事。

连自己的孩子都保护不了的父母，我何必再继续陪他们蹚这潭浑水。

别人家的孩子跑到哪里去，状况如何，关我屁事。

结束了。这件事到此完结。

我和真琴要若无其事地回到日常生活。

"知……纱……"真琴发出微弱的声音说道。我抬起头注视，她苍白的脸稍微扭曲了一下，立刻恢复原状，再次传来安稳的鼻息。

我再次不知所措。

真琴连在梦中——假设她正在做梦——都在担心知纱的安危，将她放在心上。

要是她清醒过来，肯定不管伤有没有治好，都会想办法去救知纱。

这样的她，能听进去我说的话吗？

重点是，我能说服她遗忘这件事，回到日常生活中吗？

　　面对工作，无论作业、调查、人际关系纷争再怎么麻烦，我也毫不在意。唯独面对真琴时，我的脑袋、内心全都纠结成一团。

　　村木来找过我几次，问了林林总总的问题。地点总是约在医院附近的咖啡厅。话题提及田原秀树的死，顺势也提到了逢坂势津子。

　　"她在你们业界很有名吗?"

　　"是的。因为她是以假名活动，好像也瞒着家人的样子。"

　　"这样啊。不过，说是偶尔，还真是不可思议呢。"他露出一口白牙说道，"有人死亡或下落不明时，你一定会送另一人到医院呢。田原先生过世时是送逢坂太太;香奈女士和知纱时则是送比嘉小姐。"

　　我没有回答。我自己是想要保护田原家不受妖怪伤害，逢坂和真琴也是如此，却受到妖怪攻击。田原家是被妖怪害的——事情非常简单，难就难在"妖怪"这一点。

　　村木似乎眼尖地发现我不知道该如何说明。

　　"小孩找到了吗?"我问道。

　　刑警摇了摇头说:"已经证实小孩有一起搭乘希望号，但之后就查不到任何消息了。"

　　我预想最糟糕的结局。

　　"我想问比嘉小姐话。"村木喝了一口咖啡说道。

　　"不行——她还没恢复意识。"

　　"那么，可以让我亲眼确认吗?"言外之意是不信任我说的话，村木浅浅一笑。

我带他回到病房后，村木抽动着鼻子一脸不悦，站着直盯着沉睡的真琴，故意叹了一口气。

"这也是偶然吗?"村木说。

"这话是什么意思?"

我反问后，他凝视着我说:"意思是，你周遭接二连三地有人死去、受伤、发疯，是偶然吗?"

当然不是偶然。不过——

村木缓缓向我靠近一步，狠狠瞪视着我，单刀直入地质问:"你知道内情吧? 差不多该据实以告了吧?"

"可是——"

"在这里不能说的话，我可能得请你到警局坐坐了。"刑警毫不避讳地说道，已经不再隐藏对我的怀疑。

病房里的视线全集中在我身上。患者和探视人员困惑又好奇的眼神。

平常的我势必不会在意吧，反而还很轻蔑老是顾虑别人眼光的人。

不过，这时我却难以忍受周遭人的视线。

真琴负伤卧床不起。

田原丧命，香奈精神异常，知纱不知下落。

唐草表露出的丑陋姿态。与我如出一辙的憎恶嘴脸。

再次怀抱起那份憎恶的自己。

正当我对这几个月发生的一切事情涌现后悔、罪恶感与自我厌恶，脚步踉跄时——

"打扰了。"

一道女声将我拉回现实。

我回头望向声音来源处，一名个头比真琴还要娇小的女人，悄悄走进病房。她一头黑发扎成马尾，黑眼浓眉，年龄大约三十岁吧。

身穿深蓝色毛衣与穿旧的牛仔裤，脚穿阿迪达斯运动鞋，手戴黑色皮手套，抱着褐色羽绒服。

女人慢步朝这里走来。说了声"不好意思"后，穿过我和村木旁边，在沉睡的真琴身旁停下脚步。然后目不转睛、表情没有变化地凝视她。

我和村木一语不发地观察她的动向。

不久后，她抬起头望向我说："您就是野崎先生吗？"

"没错，请问您是——"

我一问，她说着"不好意思，自我介绍晚了"，低下头，"我是比嘉真琴的姐姐。"沉静却明确地说道。

真琴口中的"姐姐"。

听她这么一说，她的声音确实跟话筒传来的声音别无二致。

可她长得一点也不像真琴。

相似处只有同样是浓眉，真要说的话，她的五官较为古典。身材不像真琴那样纤细，有一点丰满。而她全身散发出的稳重威严的气息，是真琴所没有的。

"我得知真琴状况不太好，便来探望她。因为发生出乎意料的事情，令我有些不知所措，连声招呼都没有打，真是抱歉。"

她说是这么说，可口气和态度却丝毫看不出有哪里不知所措，反而十分冷静沉着。她那窥探不出感情的部分，也与真琴大相径庭。

"容我再次失礼问一下，这位是——"她望向村木说道。

村木出示警察证件，报上姓名后开口道："我有事想问这位比嘉真琴小姐——您的妹妹。"

"真琴做了什么吗?"真琴的姐姐询问。

村木面带笑容："那倒没有，只是我正在调查某个案件，疑点重重，便想请教这位野崎先生和令妹是否知道什么内情。"

"那是——"她将整个身体面向我和村木说道，"——田原一家的事件吧。"

村木目光如炬，嘴角的笑容褪去。当他开口想要说些什么的瞬间——

"他们家的问题不是警察有办法解决的。"响起她锐利的声音。

听见她这句率直无比又准确无误的话，我倒抽了一口气。整个病房的视线都集中在娇小的她身上。

"怎么说?"村木以蕴含怒气的语调说道，瞪视着她。又慢步走上前，俯视她。

她思考了一下，先抛出这句"虽然这没有回答您的问题"，接着轻声说道："不过请您转告警察厅长官桐岛先生，说这件事是属于我——比嘉琴子负责的范畴。"

村木不为所动，甚至还"哼哼"地用鼻子冷笑了两声，抬起下巴嘲讽似的对她 —— 比嘉琴子笑道："你以为搬出大人物的名字就能吓唬我吗？"

琴子也面不改色，直直地仰望村木："不。只是刚好有机会就确认一下罢了。姑且是放心了。"

"你这话是什么意思？"

"明白了我的情报并未沦落到地方辖区那里。"琴子说完后，从口袋拿出手机，单手掀开手机盖。

无法了解她这句话的正确含义，但在一旁的我也听得出显然是在挖苦他。

她不着痕迹、间接又露骨地指桑骂槐，揶揄村木"不过是个无知的小警察"。而且话音一落便玩起手机。

村木皮笑肉不笑地眯起眼睛望着琴子。琴子面无表情地回望他，将手机抵在耳朵上。不久后 ——

"承蒙您照顾了，我是比嘉。能否耽搁您一点时间？是的、是的 —— 不，那件事不用我出马也无所谓。是的，就是现在。一下子就好。对，能否麻烦您跟他说一声，我把电话拿给他。谢谢您 —— 是的，是福冈县警一位叫作村木的先生。"说到这里，"请接吧。"琴子递出手机。

村木目瞪口呆地回答道："我不明白。要我接电话做什 ——"

"是桐岛先生。"琴子打断村木。语调虽轻，却不容分说。笑容再次从村木的脸上消失。

"—— 要是你敢耍我，我可饶不了你。"村木抱怨着，单手接过手机。

"喂？我是福冈县警的村木……咦？"说到这里，他僵住不动，双眼逐渐睁大，"小松原？不，是哪里的……啊！总局……咦……啊！是！非常感谢您的关照！是！失礼了！不，我以为她说长官肯定是恶作剧……是！非常抱歉！"说完，村木挺直背脊，双手恭敬地握住手机。不时对琴子投以畏怯的视线。

我和病房里的人全都沉默不语，关注着事态的发展。不过，已经了解大概是什么样的状况了。

真琴的姐姐——琴子认识警察高层。起码是知道警察厅长官的联络方式，能直接通话的那种关系。

而琴子本人则始终一张扑克脸，凝视着俯首惶恐的刑警。

"是！这件事是！属下明白了！是，当然！我会向她表达我的歉意。是！"通话似乎结束了。村木神情恍惚地将手机交还琴子。

"您理解了吧。"琴子温和地问道。

村木露出一副不明所以的表情："你，不对，是您……"

"桐岛先生没有告诉您吗？"琴子再次打断村木，"立刻抽手，别管这件事，禁止探查任何关于我的事。"直直凝望着他说道。

村木瞬间露出龇牙咧嘴的表情，又立刻缩了回去，小跑步离开了病房。皮鞋声渐行渐远。

琴子望着门口，片刻后轻声叹息，自言自语道："麻烦死了。"

多亏了她，本来我面对的麻烦事算是解决了。是不是该向她道谢？无论如何，都必须向她说明吧。

　　向她解释真琴为何会落得如此下场，以及现在的状况。

　　眼前的娇小女人再次看着真琴，冷不防地冒出一句：
"野崎先生。"抬头问我，"您知不知道真琴的戒指跑到哪里
去了？"

　　我一时惊慌失措，但立刻回答："好像是借人了。田原家
的太太打电话说过，孩子的手上拿着她的戒指。"

　　"原来如此。所以才——"琴子手抵下巴，"附了那么多
无谓的东西啊。"四处翻找手上抱着的大衣——

　　掏出烟盒，抽出一根烟衔在嘴里，用打火机点火。

　　一名在隔壁床注视琴子的老婆婆患者，竭尽全力提高
她虚弱的嗓门提醒："那个，病房里——"但琴子不予理会，
深深吸了一口烟，以指尖捏住香烟离口后，朝真琴的身体
"呼"地吐出烟雾。

　　"喂！"有人怒吼。我循声望去，看见一名探望靠窗患者
的中年男子，怒气冲冲地直往这里走来。

　　但他立刻一脸讶异地止住脚步。

　　我也马上明白了理由。应该说，是感受到了。

　　室内的空气明显有所不同。方才飘荡的沉重阴郁之气散
去，甚至感觉室内光线变得明亮了。连脓的恶臭都几乎散消
无踪。

　　患者和探病者似乎都感受到了这一点，室内逐渐热闹
起来。

　　我突然在脑海中将她的行动、结果与小时候读过的妖怪

书籍中的记述联结起来。我抬起头望向她。

琴子再次吸着烟，与我四目相交说道："对付这类东西，用这个最有效。最近用除臭剂好像也挺管用的。"

"有东西附在她身上吗？"我问道。

"对。"她便点头回答，"在伤口残留的——算是妖气吧，似乎吸引了飘荡在这一带的低级妖魔。一部分应该也是因为她的戒指不在手上吧。那枚戒指随时会张开小型的结界。"一副理所当然的样子解释道。

比嘉琴子。

真琴的姐姐。修为远超过她的灵媒。连警察中的"大人物"也敬她三分。

在病房里一口接一口吸烟的她，令人无比敬畏。

"……姐……姐……"真琴呻吟道。

她微微睁开眼，我连忙冲向她的枕边。我呼唤着她的名字，她的眼神才慢慢聚焦望向我，然后转动脖子望向琴子。

"姐？"

"好久不见了呢，真琴。"琴子面不改色地说道。

真琴想要撑起身子，却皱起脸孔，好像拉扯到了伤口，但她仍旧坚持坐起来。我用手支撑她，帮助她坐起身。

"各位，给你们添麻烦了。敬请见谅。"琴子将香烟捻熄在携带型烟灰缸上，并且以富有穿透力的声音说道。她挺直背脊，望向病房里的所有人。

患者和探病者同样感到困惑，但大概亲身体会到多亏琴子香烟的关系，空气才显然与刚才大不相同了。有些人模棱两可地发出低吟；有些人一副若无其事地挪开视线。有人呢喃"不会、不会"的声音，在病房内稍纵即逝。

真琴在病床上坐起身子，想要说些什么。琴子面向她说道："那么，能把状况说给我听吗？"

十

真琴将在田原家为保护香奈与知纱而受伤的前因后果告诉了姐姐。或许是因为之前一直靠输液过活的关系，她声音微弱，说话颠三倒四，有时不知所云。不过，琴子每次都会冷静地提点，因此才能听得懂大致的原委和状况。

我顺势将真琴住院后至今，从村木那里听说的事情告诉她们姐妹。当话题提及知纱失踪时 ——

"知纱吗？"

果不其然，真琴一脸愕然，衰弱的脸庞浮现不安与焦躁之色望向我。我点头确认后，她闭上双眼，做出沉思的动作。

"不行哦，真琴。"坐在折叠椅上的琴子声音高亢地说道。真琴猛然惊觉地抬起头。

"就算你心急如焚地到处寻找，也找不到她。更别提你现在状态虚弱了。"

"可是……"

"现在专心听野崎先生讲话。"

受到姐姐的劝诫，真琴垂下头沉默不语。她对姐姐抱持的情感已经超越尊敬，顺从得可说是畏惧。

我说完后，琴子吐出一句"非常谢谢您"，接着便默不吭声，想要拿出烟，又立刻作罢。似乎与驱邪无关，只是单纯爱抽烟。

琴子看也不看手上的香烟，只是凝视着一点，沉默着。

"姐姐。"真琴耐不住性子，以软弱无力的声音呼唤她。琴子却依旧低着头，不发一语。

"姐姐……"

琴子终于抬起头，依然面无表情，看不出她到底在思虑些什么。与宛如南国女性的真琴截然不同的平面五官，没有特别出色的部位，却与众不同。硬要形容的话，算是"妖精"吧。

她开启不厚不薄的嘴唇："真琴，你想救知纱吗？"突然如此说道。

我一脸困惑，而真琴则立刻回答："你的意思是……知纱还、还活着吗？"

"对。"琴子微微颔首，"在**远方**。"吐出这句令人摸不着头脑的话。

然而，真琴似乎了然于心，倒抽一口气，将棉被紧攥在手里，望向姐姐。

我想起真琴和田原初次见面时，对他说过的话。

（那个叫什么来着的家伙。）

（基本上是位于远方。）

远方、异世界、亚空间、彼岸、常世国。

不知哪个词比较普遍，但魄魑魔似乎存在于人世之外的场所。

若是琴子所言不假，知纱就在那里，性命尚存。

说穿了，就是遭到诱拐、绑架。

"那么，"真琴呻吟着，"必须……马上去救她才行。"说完便拨开棉被，将脚伸下床。

"等一下，真琴，你现在这种状态——"

"可是知纱，还有香奈小姐她们……"

我阻止试图双脚落地的真琴，却被她挥开手："干吗阻止我啊！"

消瘦的面容，目光蕴含愠色狠狠瞪我一眼。

"真琴。"

我勉强吐出这句话，她咬着苍白的嘴唇说道："你又要……叫我别管别人家的孩子了吗？"

"不，那是——"

她一双大眼泪眼婆娑，身体不住颤抖。

当她吸了一口气，想要对我说些什么的瞬间——

"给我躺好。"琴子严厉地命令道。

真琴面向姐姐，咬紧牙关："可是——"

"那些伤，"琴子努了努下巴，指向她的肩膀，"你自己也明白不是普通的咬伤吧。"

真琴紧抿双唇沉默，轻轻点头。

"这是什么意思？"

我插嘴提问后，琴子便仰望我："被那东西咬到，毒性会侵入全身，非常危险。但我所谓的毒，并非毒物。算是妖气、瘴气吧——您还记得高梨先生吗？"

我点头表示肯定。他是田原秀树以前的部下。被疑似魄魑魔的存在咬伤，长期住院，辞掉工作回老家了。

"他去年过世了。"琴子毫不犹豫地如此告知。紧接着说："死因是休克，但据说他临终时衰弱至极，甚至无法站立。他父亲看起来悲恸欲绝。"

"您的意思是——"

"我也到处调查过了。"她回答。

我望着她的脸："这么说来，要是真琴继续这样下去，会和高梨一样——"

"没错。"琴子若无其事地断言，"到处行动的话，恐怕会加快毒素运行。"

感觉自己逐渐口干舌燥，心跳加速。我无言以对，望向真琴。真琴低下头，咬着嘴唇。

真琴——会死掉吗？

当我一脸愕然时，琴子说："别担心。"她冷静地分析，"只要真琴将力量集中于注入体内的毒素，应该有办法解决。即使没有足够的力量与它抗衡，解毒这点能力总是有的。所以——"

她停顿片刻，凝视真琴，厉声说道："我才叫你躺好，真琴。知纱的事先暂时搁在一旁。"

她的口吻令真琴退却了一下，但又立刻将身体向前倾："怎么可以……必须去救知纱才行。"如此极力争辩。

"你说搁在一旁，是要什么时候才去救她？她不是还活着吗？"

"没错。"琴子回答。

"虽说还活着，也不知道何时会遭遇不测对吧？"

"是啊。"

"既然如此——我必须……"

"真琴。"琴子缓缓站起身。她那宛如儿童般娇小的身体散发出不相称的压迫感。

琴子目不转睛地盯着欲言又止的真琴，不久后，轻声说道："这种时候，你眼前不是有个正合适的人才吗？"

真琴大吃一惊："你是说……"

"收费——就算你**亲情价**吧。"琴子说出分不清是玩笑还是正经的话。

真琴露出复杂的表情，将视线落在手上。

病房陷入一片沉默。我看着她们姐妹俩一语不发。

不久后，真琴眼中泛泪地望着姐姐，以颤抖的声音说道："救救知纱吧。"

"本人在此承接您的委托。"琴子例行公事般如此点头回答，突然面向我说道，"野崎先生，为了节省经费和提高效率，能请您协助我吗？我会支付报酬的。"

十一

时序进入腊月。空气更加严寒，街上既热闹又匆忙。

每日工作之余，我都会去探望真琴。虽然她一度恢复意识，与我和琴子对话，但我去病房时，她大多在沉睡。护士说伤口复原得很顺利，但脉搏减缓，代谢也跟着下降。

是毒！杀死高梨的毒。

真琴正在对抗魄魃魔的毒素。

我也去安置香奈的精神病院探望她。她连自己的名字，还有我和真琴都忘了，却依稀记得知纱。

只是——碰到那个东西，知纱被掳走的恐惧似乎侵蚀到了她的精神深处，她会突然陷入恐慌，被医生压制。

若是把知纱抢回来，让两人重逢的话，她是否会恢复正常呢？

一切都是未知数。

说到未知，比嘉琴子派给我的工作也是如此。

十二月中旬，下午四点，JR京都站。

琴子身穿套装，出现在人潮汹涌的中央出口与我碰面。

"今天劳烦您了，**野崎大记者**。"她面无表情地说道。

我们要去见田原秀树的母亲——澄江。

宣称要采访有关他死亡的事。

我假装是记者，琴子则是我的助手。

无论是询问澄江的意愿，还是日程的调整，都是由我依照琴子的指示来执行的。

我询问原因后，琴子回答："我不想让我的名字曝光，甚至尽可能不抛头露面。"

"为什么？"

"因为我插手管太多事了。"她模棱两可地说道。或许是跟她认识警察厅长官有关吧。

在谈话的过程中，我渐渐对她本人感到好奇。

这是我的职业病。

另一个原因则是——

我想要救助知纱的心情并不如真琴那样的殷切。

之所以协助琴子，即使摸不着头脑也依然帮忙准备寻找孩子，并非是为了真琴、为了自己，更不是为了知纱。

我对拥有小孩的父母与孩童的怨恨大致上平息了，但还没善良到立刻爱上小孩。

我们两人搭乘出租车抵达田原父母居住的老旧公寓时，天已经完全黑了。

虽然答应接受采访，但田原澄江难以猜测我和琴子的真正意图，明显在怀疑我们的身份。她带领我们进入年代悠久的客厅，与我们对坐在暖桌前时，苍老的细长脸孔也浮现带有困惑的笑容。

田原的父亲只在一开始出来打声招呼，随后便躲进房间里去了。

客厅一隅设有简单的佛龛，摆放着田原和疑似他外婆的老妇人的遗照。还有另一张像是他舅舅久德的青年的遗照，他的手上抱着一个年幼的女孩。

自我介绍完毕，我拿出笔记本与录音笔，开始形式上的采访。

他的个性、成绩、交友关系与生前近况。

虽然琴子说"随便采访，做个样子就好"，但我觉得太过偷懒容易露出马脚。于是便像平常工作一样，不断向澄江提问，深入访谈。

"咱也跟警察说过哩——"

澄江操着关西腔，言谈中几次重复这句话，诉说着儿子的事。从她脸上有时浮现出的沉痛表情，可以窥见她尚未走出丧子之痛，但她既未流泪，也没有情绪激动，只是淡淡地陈述。

琴子在最初自称是"助手铃木"后便一语不发，只是默默记着笔记，偶尔附和两三声而已。她戴着皮手套，快速流畅地将我和澄江的对话写成文字。

不到一小时，已经大致听完了田原的大半辈子，无话可问。我瞅了一眼身旁的琴子——

"不好意思，"她突然开口，"您左手的食指难以弯曲吗？"

澄江拿起不知喝了几杯煎茶的茶杯，瞪大双眼，僵住不动。听琴子这么一说，她拿着茶杯的左手食指确实不上不下地指着半空。

仔细一看，那根手指的皮肤光滑得出奇，在日光灯的照射下闪闪发光。

澄江露出掩饰般的笑容，咚的一声，将茶杯放在暖桌上反问道："记者都这么观察入微吗？"

"没错。"琴子大大方方地回答，令人瞠目结舌，"我们的大记者——不好意思，是野崎教导我，当记者最重要的是善于观察。"

"这样呀。"澄红莞尔一笑，将视线落在拿过茶杯的手上说道，"小时候——跌倒撞到，之后只要一弯手指就会痛呗。"

"跌倒？"琴子表情诚挚地问道，"不是烫伤吗？"

微笑从澄江的脸上褪去，她以嘶哑低沉的声音回答："咱听不懂你在讲啥。"

琴子不为所动，轻声说道："那根手指残留下的痕迹，是蟹足肿吧？手背似乎也有，用粉底遮盖住了。手指无法弯曲的理由有很多，但您看起来——是因为挛缩而弯不下去。"

沉默笼罩整间客厅。我不明白琴子的意图，只察觉到澄江心生愤怒，便继续观看事态的发展。

"——说到这里，还曾经发生过这种事吧？"

澄江一边叹息，一边吐出一句："所以说，你到底在讲——"

"您和令堂志津老太太，以前经常受到银二老先生暴力的对待吧？被殴打、浇热水之类的。"琴子突然如此说道。

我吃了一惊，但田原澄江比我更加吃惊。我听见她深深倒抽了一口气，表情僵硬地望向琴子。

琴子挺直背脊，跪坐着，笔直地看着澄江。

片刻后——

"——早年间，阿爸都是一个样的。"澄江低下头，发出细小的声音挤出这句话，紧接着说道，"阿爸是一家的支柱，做啥说啥都是对的。现在社会风气好像改善了很多，但以前的阿爸揍人、踹人根本没啥好大惊小怪的，管他是男孩还是女孩……"

澄江并非是在对我和琴子倾诉，而是自我确认般地娓娓道来。

虐待、家暴是事实，澄江和她的母亲都曾遭受银二施暴。尽管她拐弯抹角地叙述，但确实承认了这个事实。

不过，这跟魄魃魔又有什么关系呢？

年迈的澄江继续低喃："所以，不管受到多么残暴的对待，妻子儿女心里再怎么不甘，都不敢说出口，只是一味地忍耐。那已经变成一种习惯了呗。"

"您过世的哥哥也一样吗？"琴子再次冷不防地问道。

澄江刹那呆若木鸡，面有难色地歪着头回答："这可就难说了。因为久德阿兄是在咱出生前不久过世的——"

怎么可能。

我反射性地望向佛龛上的遗照。遗照上的久德青年抱着一名少女，少女的面容隐约有着澄江的痕迹。但这名少女却不可能是澄江。

换句话说，这代表——

"所以，你问这些话到底——"

"一个母亲，**孩子被丈夫杀掉了，也要忍耐吗？**"琴子尖锐地问道。

"你、你在讲啥——"

"我是指**您的姐姐**，您应该知情才对。明明知情，您和您的母亲却隐瞒周遭的人，连秀树先生也被蒙在鼓里。"

澄江脸色铁青。

"您的姐姐年幼时被令尊——银二虐待至死。那张遗照，照的不只久德先生一人。而是久德先生与令姊秀子小姐。"琴子不带任何感情地说。

澄口的嘴角不停颤抖。而我只是在一旁看着。

"不、不是的。"澄江低喃道。连嘴唇都失去了血色。

"阿、阿母说她是发生意外，说阿爸再怎么歹毒，也不可能杀死女儿的。说姐姐只是跑着跑着跌倒，头——**头撞到桌子**而已。"

"原来如此。至少，他们夫妻之间是这样串通好说辞的。"琴子悄声说道，"不过，令兄无法接受这样的谎话，因此冲出家门想要前往镇上，穿过大马路时**被车撞死了**。"

澄江张口结舌。我也哑口无言地望向琴子。

她继续说道："**所以秀树先生才会丧命。**"

"你——你在说啥！"澄江终于忍不住大叫。她双手拍打桌面，探出身子："'所以'是啥意思？咱家父母兄弟姐妹的事，又与秀树有啥关系了？咱和阿母自、自己所遭受过的事，从未对秀树——"话音中断，只从齿缝间漏出气息。

澄江会提出这样的疑问是再自然不过的了。我也难以揣测琴子话中的含义。

琴子到底作何打算？

"志津老太太的遗物当中，有没有一只像是老旧护身符的物品？"她继续没头没脑地问道。眼前这名老妇人丝毫不见任何的动摇或吃惊。

澄江瞪大双眼，以看着恶心生物般的眼神望向琴子，缩起身体。

"正确地说，"琴子眉头一动也不动，"是从大阪搬到这里时，装在行李中的东西。志津老太太一直以为那个东西弄丢了。她生前应该问过几次吧？问有没有看见类似这样的护身符。"

"你咋会连这种事都……"澄江全身战栗，她对琴子的态度似乎从愤怒转变成不安与恐惧。

"观察与考察——是记者必须具备的基本能力。"琴子装模作样地望向我。

一间位于北侧、用来当作储藏室摆满物品的寒冷房间。

澄江一边轻声说着"冷死了、冷死了"，一边翻找纸箱。当我帮她把物品搬上搬下时——

"啊啊，找到了……"澄江将一只褐色的小蜡纸袋拿到我面前。

在日光灯冰冷的光线照射下，能透过纸袋看见里头护身符袋的轮廓。

琴子接过纸袋后，将护身符袋取出。是墨绿色的，本来应该是其他颜色吧，明显是褪色后形成的颜色。

"搬到这里时，她一直嚷嚷着不见了，到处找。咱也帮忙找了，但却是在葬礼之后才找到。"

"原来如此。"

"可是，这东西跟秀树又有啥关系哩？"

琴子没有回答，以指尖在袋子表面描绘，闭上双眼，轻声喃喃——

睁开眼睛后，用手指钩住绳子打结的部分，一口气拉开袋子。

澄江轻声惊呼走上前。袋子与绳子的纤维绽开四散，令布满灰尘的室内扬起更多尘埃。

"——果然没错。"琴子如此说道，并以指尖捏起袋中的物品，摆到我们的面前。

戴着手套的指尖捏着长约五厘米、严重腐朽、四周起毛刺的小短棒。

一片木片。不过整个木片乌漆麻黑，四处脱落，露出木头的颜色。

"把里面的东西拿出来，不就没用——"

"这本来就没用。"琴子毫不留情地反驳澄江的劝告，说道，"表面画有浅浅的文字，或是记号，虽然已经消失得差不多了——"

她将脸凑近小木棒，仔细端详后——

"应该是以朱笔画的吧。这是颠倒的晴明桔梗，画着上下倒反的强力除魔记号。"

"难道是——"我不禁插嘴说道。

琴子点头："野崎——大记者您知道吧？这是曾经流传于关西的咒术。在避邪符、护身符袋中的灵符、咒符上动手脚，注入强力的诅咒——"

琴子面向一脸困惑的澄江："这是魔导符。就好比是丑时参拜，用钉子钉小草人之类的东西，也就是诅咒。"

澄江的脸庞诡异扭曲，嘴角松弛，双眼瞪大，身体不住哆嗦。情绪处理跟不上速度。

　　琴子攥紧魔导符说道："志津老太太忍住了。即使两个孩子被杀了，表面上依然扮演银二老先生贞淑的妻子，直到他过世。不过——实际上却暗地里怨恨着他。怨恨了好几年、好几十年。证据就是这个诅咒。信不信由您。"

　　说完后，澄江双手掩面，发出喊破喉咙的声音，当场久坐不起。

　　远处微微传来她丈夫正在观看的电视节目声。

十二

　　"原来召唤魄魑魔的，是志津啊?"我想起过去答应我和田原秀树的委托，却临时脱逃的住持曾说过的话，于是问道。

　　（你们到现在还在说这种蠢话吗? 那种麻烦的东西，不召唤的话，它是不会找上门的。）

　　"没错。"琴子如此回答，将空碗轻放于桌面。手上依然戴着手套。

　　晚上十点，我们来到京都车站附近的"第一旭"拉面店，我还在念书时曾来过几次。狭小热闹的店里，我和琴子相对而坐。

　　琴子用纸巾擦拭嘴唇的油脂说道："我想对她来说，诅咒以何种方式呈现都无所谓。只要她的丈夫银二遭遇到不好的事情就好。脑出血或许也是诅咒造成的，搞不好晚年经济穷困也是，不过——"

她一口喝光玻璃杯里的水，接着说："偏偏在他时日不多后，才招来邪恶无比的魔物。不仅盯上她的丈夫，连自己、孙子、曾孙都紧追不舍，带来危害。也许是选择五芒星九字纹作为魔导符所造成的影响。"

语毕，琴子"呼"地轻声叹息。从拉面送来到此刻为止，还不到两分钟。我半带钦佩地将注意力移到自己还剩一半的碗里。

"真是不好意思。"琴子突然冒出这句话。我抬起头，发现她面无表情地看着我。不，并非面无表情，她的眉心聚起些许的皱纹。

我不明白她话语与表情之中的含义，回望着她，她便解释："跟别人一起吃饭时，我会不小心像这样吃得又快又急。这是我打以前就有的坏习惯。"

说完，她将视线落在空碗上。连一滴汤汁、一片青葱都没留下。看来不仅贪快，还不浪费。

"不，没关系啦。反正这种食物也不需要慢慢品尝。"

我如此说道后，"是这样吗？"琴子微微歪着头问道，"真琴有好好吃饭吗？"

真琴身材瘦归瘦，吃得倒不少，也几乎不挑食。顶多只是不太喜欢贝类吧。好像是因为以前吃牡蛎食物中毒过一次。

我这么告诉琴子后，她便一如往常顶着一张扑克脸回答："这样啊。"

我在车站附近的商务旅馆登记入住后，进入狭窄的浴缸泡澡，换上薄浴袍，坐到床上。我打开笔记本电脑，继续完成写到一半的原稿。明天要交稿，迫在眉睫，题材又是老调重弹、信息落伍到不行的"伏尼契手稿"。并没有什么特别的新发现，只要汇总过去的经过就好。结论简单地写上"未破解"，就轻松搞定这份工作。

琴子从几天前起就一直在常去的旅馆逗留，今晚也要住在那里。

我在凌晨零点前写完原稿，发给责任编辑，把地方电视台的深夜节目当作背景音乐，读起我带来的册子。

《纪伊杂叶》。唐草给我的复印件。

虽然不认为会有什么新发现，但正好拿来打发时间吧。独自待在远方，总是会想起正在对抗"毒素"的真琴，辗转难眠。

我翻阅墨水四处糊掉的纸张。

……为日没为坊伪魔亦抚伪如在深山蕃昔生唤人名老之后入门搪之仿人觥长竹汜鼍路果冬临而ハ鸣啓宵啓色点亦来在山之妖东牢则成……

这是一段写到"坊伪魔"和"抚伪女"的短文。日落而出，呼唤人名，回答就会被掳走。长得像人，会发出不明所以的叫声，是自古栖息在山中的妖怪。

我想起吸血鬼的传说，中世纪欧洲所流传的吸血鬼有个"要屋主邀请才能进门"的特性。这一点在描写吸血鬼的虚构创作中，依然频频出现。若是补白的灵异原稿，光靠这一点就能编出几百字了吧。日本也曾流传吸血鬼传说，这类根据薄弱的假说也不错。

我翻页阅读其他记述。后院长出未曾见过的香菇，吃了之后腹泻三天。鸟鸣声中掺杂了陌生的叫声，究竟是什么鸟呢？今年的山茶花比往常谢得早……

没什么有趣的内容。好不容易解读出古文，却难以体会文体的妙趣之处，可能是因为光是理解内容，就已经筋疲力尽了吧。

早知道就带现代的书来看了。还是做其他工作呢？这段时间，真琴和知纱的状况又如何呢？

琴子今后打算怎么做？她还会委托我做一些事吗？不，我不能光等待她下指示，必须寻找自己力所能及的事情来做。

只要一松懈，不安便在心中蔓延。打消念头后又萌生焦虑。当我注意力分散，心不在焉地继续阅读复印件时——

（手写古文两行）

有一座山，村子通往山上的道路途中，有当时已不知由来的石碑。我看见上述这样一段极短的短文。

有些传说和风俗传承了下来，有些则被废除遗忘。留下来的也逐渐失去它的意义或由来，徒留形式。换作现代也一样。比如说，现在的领带只剩下社交礼节的意义，但过去应该有实用性的根据和用途才对。我曾听坊间传说，领带以前是用作擦拭嘴角的餐巾纸的。

魄魕魔这个称呼，似乎也是过去西洋人带来的bogeyman一词的发音转变而成的。既然如此，更早之前又是怎么称呼魄魕魔的呢？我也曾从这个观点切入调查，但至今仍未找到解答。唐草也说过，从这一点着手查不出什么。至少现在，凭他粗浅的知识还查不到。

我接着读下去，却突然停止动作，重新阅读刚才的短文。

文章是从页面的开头，也就是右上角开始，一半左右结束。以下空白。从这里变换章节。

我刚才把开头解读成"有一座山"，搞不好误会了。这一段文章有可能跨了页。

我翻回前一页，望向左下角刚才那段文字的前一段文章。

……者无人进学木茂森山名为子宝

无人进入，草木繁茂的山。名字叫子宝——

子宝山。

石碑表面刻着山名。

我想起子宝温泉的网站。打开合上的笔记本电脑，访问官网。在"温泉"标题下的页面，详细记述着设施的简介和效能。文章的中段提及——

"子宝"这个名称，来自邻近山脚下的一座老旧石碑所刻的文字。

根据调查，那座石碑至少是江户时代以前立起的。据乡土史家的研究所言，石碑上的文字很可能是以前的地名或山名。

乡土史家没有读过《纪伊杂叶》吗？还是跳过这个地方没读？反正这一点都不重要。八竿子打不着的地方温泉所写的疗效宣传文，内容准不准确，与我何干。

从刚才起没有定论的想法、至今的调查、过去洋洋洒洒撰写灵异相关文章的经验。掳走知纱，伤害真琴的那个妖怪。各种事情同时在我脑海中盘旋、鼓噪。

妖怪，魄魖魔会把人掳到山上，令人惧怕。

K 地区附近曾经有一座叫“子宝山”的山。

那么知纱。以及那个妖怪。还有过去住在那里的人们。

我拿出手机。

十三

次日正午，我和琴子走出 K 车站的检票口。

地面铺装的路面四处剥落，都是碎砂石。阳光微弱，寒风料峭。“子宝温泉”的大型广告牌，在色彩贫乏的风景中格外醒目。相较于之前来时丝毫未改的景色，改变的是我的心境。这次我有着明确的目的。

“就是那座山吧？”

琴子指示的前方，是住宅区对面的一座小山。

是我趁早上打电话从温泉工作人员那里得知的那座有"老旧石碑"的"邻近小山"。

我对琴子点了点头，朝小山迈步前进。

为了将自己从《纪伊杂叶》的记述中想到的假设说给琴子听，昨晚我从旅馆打电话给她。

琴子在电话响了一声时就立刻接听。

"喂?"

"我是野崎。现在方便接电话吗?"

"方便。"

"详细过程就省略不说了，但我在阅读 K 地区的古文献时，发现了令人在意的地方，所以打电话给您……"

"是《纪伊杂叶》吗?"琴子直觉锐敏地问道。从语气中完全察觉不出她一副困倦的模样。

"真是令人钦佩，您已经查阅完毕了吗?"

"是啊，内容无聊透顶。"听见她无比率直的感想，我不禁嘴里漏出气息，不小心笑了出来。我立刻敛去脸颊浮现的笑容说道:"就结论来说，魍魉魔跟知纱现在有可能潜藏在 K 地区的某个山上。"

"怎么说?"琴子问。

"既然您已经读过，应该知道那个地区有一座过去曾被称为'子宝山'的杳无人迹的山，留有石碑。"

电话另一端响起窸窸窣窣的声音，接着传来东西摩擦的沙沙声。

"——原来如此，是跨页了啊。"

语带叹息地说道。看来是手上正拿着《纪伊杂叶》。

"不过，为何会得出刚才的结论？"

对啊，结论固然要紧，但导出结论的过程也同样重要。不对，用"重要"这个词来表达有语病。

正确来说是"痛苦"，至少对我而言是如此。

"您似乎针对魍魉魔做了许多调查。"

"是。"

"您难道不好奇吗？它过去被人称为什么？我是指传教士将'bogeyman'这个词汇传进日本以前。"

"我也……"琴子轻声说道，"对这一点抱有疑问。希望能找到了解它、对付它的线索，但完全找不到相关的记述。"

"我也没找到，因此萌生了一个想法。"我稍作停顿，"它会不会原本就没有名字？"

"没有名字？"

"对。应该说，会不会原本禁止给它取名或称呼它呢？甚至不作文字记录。"

"这是指——禁忌吧。"琴子说。

我回了一句："没错。"

禁忌。不能呼唤的名字；不能进入的场所；不能执行的行为。古今东西各国文化都有的禁止事项。

既然被禁止、被藏匿，理由通常便会变得模糊不清，最后被遗忘，只留下禁忌。不过——

"照理说，早期的人们应该知道不能呼唤它的理由才对。"

"我想也是。"

"实在非常不好意思，明明是我主动打电话给您，这终究只是一个假设，而且是十分薄弱的假设。毕竟是建立在'没有'资料的基础上，况且，也不了解K地区过去的经济状况。所以搞不好全是我自己在妄想——"

"根据我的调查，"琴子突然开口，"K地区以前是农村，而且绝对称不上富足。即使轻微的气候变化，也会导致农作物歉收，往往造成毁灭性打击。现在那里有还算热门的温泉，可以勉强宣称已经'自给自足'。"她是指子宝温泉。既然她连这部分都知道，那就好办了。而且在这个节骨眼上提起这种话题，真是谢天谢地。

恐怕琴子已经明白我的假设是怎样一个概念了。

粮食短缺，也没有补充和支援。长久处于这样的状态下，当时的人们会怎么处理？

我深深吸了一口气说道："我想那个地区过去曾经实行**减少家中人口**一事。"

"原来如此。"琴子淡淡说道，"常听说这种事。"

"是啊。"我简短地应了一声。

常听说。没错。全国各地都曾经实行过减少家中人口这种行为。

例如长野的姥舍山传说——据说村民会把不事生产、只会吃光食物的老人遗弃在山里。

也有地区使出更直接的手段。想必有人会不择手段杀人，或把人隔离让他饿死吧。K地区也是一样。

只是，恐怕那个地方采取的是极为特殊的手段吧。

"我怀疑在 K 地区，是把老人和小孩……"

不知不觉间用力紧握住手机。

我夹杂了几声干咳，一口气说道：

"——贡献给栖息山中的妖怪，之后被称为**魃魃魔**的它。"

"关于昨天您提出的假设。"走在我前面几步的琴子突然回头这么说，令我回过神来。

看似距离很近的山，比想象中还要远，我和她从车站一路不停歇地走到现在。周围只有两人踩踏砂石的脚步声。

身穿套装的琴子吐出白色气息："的确缺乏物证，但合乎逻辑，说得有道理。只要叮嘱孩子在听到门口有人呼唤他时一定要响应，想必轻而易举便会让孩子被带走吧。老人则需要说服或强制，无论如何，都比把人带到山上遗弃要简单多了。"

"是啊。"我附和道，"掳人的妖怪和人口多余的村庄，我想至少在歉收之年，彼此的关系是良好的。利害一致，共犯关系，或是——"

"共存吗?"琴子紧接着说。

我默默点头后，她便面向前方："对当时的人来说，和非人的生物保持那样的关系，也是非常可怕的事吧。所以严禁呼唤**它**的名字。时代流转到与使节团接触后，生活变得还算富足，因此遗忘了风俗和禁忌——光是这样，事情就非常有意思了。"

道路变得狭窄，住家零零散散。没有农作物的发白旱田在周围蔓延开来。前方有一片褐色树林。

"——不过，野崎先生却推论到更后面的部分。"

"那只是我这个微不足道的灵异撰稿人的妄想罢了。"

我语带谦逊和自嘲地回答后，琴子便开口道："您昨晚也三番两次这么说，但我非常认同您的看法。"

不知不觉间，道路呈现平缓的上坡。右手边看得见刚才走过的住宅区，左手边则是一片树林。我们已经抵达山区。

孩子被掳走——正确来说是"让孩子被掳走"的父母们，是如何看待自己消失的孩子的呢？会打从心底安心于这样，就能平安无事地活下去了吗？

我想应该不只如此。如果是像样的父母、正派的人，肯定会担心被妖怪带走的孩子，怨恨让孩子被带走的自己吧。

这样的罪恶感会让他们祈求那些被掳走的孩子们幸福吧。会梦想那些消失的孩子正吃着想吃的食物，幸福地过日子吧。

所以，既然不能替怪物取名。

他们便替那些在传说有妖怪栖息的山中依然活着的孩子们取名。

含有因妖怪而增加许多孩子的山这种意义——

命名为"子宝山"。

昨晚，我把全部的话说完后，提议两人一起去 K 地区。琴子二话不说便答应了。

"最好别告诉温泉相关人士吧。"她以一如往常的语气说道。

没错。若是听到"子宝"在这个地方可能不是指让人获得子嗣，不知道温泉会沦为何种下场。

虽然我根本懒得理会，但也无意掀起风波。

应该说，现在的我痛苦到甚至无暇思考那种事情。这个假设从我昨晚灵机一动提出来后，便一直刺痛着我的心。

掳人的妖怪。需要"它"的村落。

老幼多余的村庄。

生下子嗣却不得不减少人口的村民。

这种社会过去存在于日本各地。

学习知识时得知这些事。鉴于时代背景，我也能理解。

这种单纯的信息，如今却偏偏以这样的形式出现在我面前。

"为人父母"的殷切期盼全寄托在"子宝"这个词之中——我也厌恶自己竟会冒出这样的念头。

十四

当徒有其表的一段铺砌路面转为山间野路，我们要找的石碑便赫然在眼前不远处出现了。石碑的周围树木环抱。我们正位于"子宝山"。

石碑周边的枯木被仔细地去除，甚至供奉着鲜花。是因为温泉广受好评吗？

我单膝跪地，检查石碑。

高度约五十厘米，绝对称不上气派。缺角石碑上刻印的文字也淡化不少，但还是勉强能看出正面刻着"子宝"两个字。左右与背面微微隆起，但别说看得懂了，根本连是不是文字都分辨不出来。

《纪伊杂叶》上记载道，这里慎重地刻着人名。

大概是被它掳走的老人和小孩的名字吧。

倘若我的假设正确，照理说会是如此。

那么，这座石碑是否该称为慰灵碑。不，不对。起码对立这块碑的人们来说，这个表达方式并不妥当。

因为在他们的心中，这些名字的拥有者，应该正幸福快乐地在深山里生活。

和妖怪在一起。

所以，魄魑魔现在肯定就在这里，想必知纱也在。

得出这个结论的是我，但能证实这件事的却另有他人。

虽说"在"山上，但我实在不认为魄魑魔会像飞禽走兽那样，潜藏在洞穴中或树上。

这里大概有与魄魑魔所在世界互相联结的"门"。

是像我这种普通人所看不见的超自然出入口。

我望向旁边，琴子看都不看石碑一眼，只顾着凝视兽道深处。

冷风吹响树木，枯草翩翩起舞。我站起身，关节嘎吱作响。

琴子迈开脚步，又立刻止住。由于她背对着石碑，我看不见她的表情。

　　她应该正利用我所没有的"力量"，确认深山中"门"的存在与栖息于更深处的妖怪的存在吧。

　　琴子回过头。从口袋掏出香烟，望向布满枯叶的地面，立刻收起香烟。我微微探出身子，她便摇头否定道："很遗憾——并不在。"

　　"不在？"

　　我反射性地如此询问后，琴子便快步走向我，干脆地说："我确认过好几次，这里完全没有**它**的气息。也并未与**它**存在的场所有联结。当然，就算搜遍这里也找不到知纱。"

　　"这样——啊。"我浑身无力，原来是白忙一场啊。果然我这个灵异撰稿人绞尽脑汁想出来的假设，不过是妄想罢了。

　　"我先声明，"琴子发出沉稳的声音，"您的假设并没有完全被推翻，明显有误的只有结论。"

　　"只有结论？"

　　"没错。"琴子拨开被风吹到脸颊的黑发说道，"我早已预想过，所谓的山，不过是**解读**而已。"说完，她抬头仰望我。

　　我立刻便明白了她所表达的意思。亏我还在灵异界摸爬滚打了这么多年——

　　"……我只照字面上的意思来解读。"

　　"没错。"琴子凝视着兽道前方，"有妖怪出现。从何处而来又往何处而去都一无所知。如果有人多次在村庄邻近的山、平常毫无人迹的山上目睹到妖怪，那么村民往往会这么想——那个妖怪是来自邻山，平常栖息在那里。但那并非事实，只是人们自己的解读。"

没错。

人一旦目睹怪异——难以理解的事情，便会就近找出原因，编造逻辑，让自己认同。这便是所谓的"解读"。

若是在渔村发生怪异现象，村民便会认为原因出自大海。"解读"成有某种东西来自大海。

说得更浅显易懂一点，就是当家里有人刚过世，又发生怪异现象时，遗属便会把原因归于死者。换句话说，会"解读"成是"幽灵作祟"。事故现场、案件现场也是同样的道理。妖怪逸事、幽灵奇谭，大多数是第三者把这些解读当真，散播出去，不断重复累积而成的。

这是灵异的入门知识。只要热心研究灵异现象到某种程度，就能在早期阶段悟出这个道理。我在还没成为撰稿人的初期阶段，也是这么走过来的。尽管如此，我却因为太在意真琴和知纱而急着下结论。

绕了一大圈，真是浪费时间。在这段时间里，知纱还有担心知纱的真琴会陷入何种危险。

我对自己是又生气又无奈，自然加重手上的力道。

"下山抽根烟吧。"琴子说。语气依然毫无感情，但显然顾虑到了我的心情。真琴的姐姐在安慰我。

见我没有回答，琴子表情诚挚地说："我也在反省，我太按照自己主观的期望来判断事情了。"

"那是指——什么意思？"

"我心想若是能由我方主动进攻，自然是最简单的方法。算是攻其不备吧……就算是**它**，应该也不习惯别人侵门踏户。"琴子视线落在石碑上，将手伸进衣服的内袋，"时间已经所剩无几了——看来只能使用这个了。"

这个是指什么？

我还来不及问出口，她便把手抽出内袋，伸到我面前。

手套指尖所捏着的，是一只墨绿色的老旧护身符袋。

是从澄江那里借来的，志津的遗物——

魔导符。

十五

一回到东京，我立刻打扫真琴家，敞开窗户，到阳台上抽烟。从四楼的窗户望去，虽然看不见所谓的夜景，倒也能多少眺望周围的景色。

这是琴子的指示。她说今晚要在这里抢回知纱，因此需要做准备。

"我先回京都，之后再过去。能麻烦您将房间打扫干净吗？这是施展咒术的基本事项，但我想真琴家一定很乱吧。"

她在 K 车站前吞云吐雾地如此说道。

虽然姐妹俩不常联络，但她倒是很了解自己的妹妹。

我将衣服和布片折好，收到壁柜里，用买来的桌面掸子掸掸灰尘。先用吸尘器清理地板，为了慎重起见，再用抹布擦一遍。就连自己家都没整理得那么周到。内心无比焦躁的我，必须在琴子到达之前，靠专心做事来转移注意力。

时间已到晚上十点。

远处公寓楼的最高层，有一副圣诞老人的灯饰，闪着红光的圣诞老人正背着闪烁白光的礼物袋子，攀在墙壁上。灯火辉煌的城市，使得天空呈现一片朦胧明亮，说到肉眼可见的星辰，顶多只有猎户座的三连星罢了。

我从口袋拿出前端挂有重物的黑橘绳结。这是真琴遗落在田原家阳台上的工具。

虽知道这并非是自己可以驾驭的物品，但总比手上空无一物来得安心。

简单来说，就是护身符。跟田原往家搜集护身符的行为没什么两样。

微弱的声响传来，我自然而然地竖起耳朵。声音越来越近，应该是重物嘎啦嘎啦滚动的声音。

我凝视传出声响的方向，只见一道人影在大楼前面的小路上前行。声音是从人影拖着的大行李箱传来的。

街灯照耀下的人影，一头短马尾，身穿褐色羽绒服，拖着银色行李箱，白色气息扑在面无表情的脸上。

是琴子。

我立刻将烟粗暴地捻熄在空罐中，把绳结塞进口袋，奔向玄关。

一脚踏两阶楼梯下楼，刚来到一楼的集合式信箱前，便看见琴子正打算用她娇小的身躯抱起大型行李箱。我草率地打过招呼后便一把抢过行李箱的把手。

"我来拿。"不等她回答，我两手提起了行李箱。重归重，但还能接受。

"不好意思，麻烦您了。"琴子说。语气依旧轻柔坚定。

回到真琴家，把行李箱放到客厅。琴子默默望向宽敞的空间和大床。迈开脚步在客厅转了一圈后，又仔细巡视厨房和窗边。她抬起戴着黑色皮手套的手，抵着下巴，偶尔做出沉思的动作。

似乎是在确认方位。既然如此，应该是在看风水或是遵循其他道理吧。

琴子说她要施展"咒术"。虽然没有告诉我内容，不过从在 K 地区与她的交谈中，我大概猜得出她要做什么，但还是心存疑虑。

琴子绕了整个房间一圈，踩过床上，在行李箱前停留。她瞥了一眼玄关的方向："那我们开始吧。"如此说道后，沉下腰跪坐，啪叽啪叽解开金属扣，双手掀起上盖。

里面装满好几个白色袋子与木箱，让我深感意外。因为我原本想象里面装的应该是充满咒术感的驱邪幡、神符、杨桐叶、白袍、佛珠与水晶玉这类物品。但立刻打消杂念，原来我被灵异的刻板印象给束缚住了。

"我现在要召唤它。"琴子说出预料中的话。她用双手慎重地拿起一只大木箱。

"可是——"我在她身旁弯下腰，"召唤它后，要怎么夺回知纱？"

我提出了疑问。

难道是说服妖怪，让它把人交出来吗？或是制服它，问出知纱人在哪里？还是有方法以**它**为媒介，接触位于"远方"的知纱？

不对，既然**它**并非这世上的生物，当我以普通"诱拐"的角度来看待、臆测时，或许就已经错判了事态。

"如果我预料得没错——"琴子没有看我，一边说一边将木箱放到地板上打开。里头装着表面凹凸不平、饮料瓶大小的石头，四周铺满了棉花。石头一端呈现尖角，另一端则是平面。

她以双手取出石头后，将平面处朝下，摆在地板上。

"咚"一声，沉重的声响传到木板上。石头微微反射着日光灯的灯光，尖角朝向天花板。

"——知纱会和**它**一起来。"琴子端正坐姿，如此说道。

这是怎么回事？当我正想问出口时，她将视线落在膝上的手套上。

"真碍事。"琴子低喃后，扒下两只手套。

挛缩、颜色红白不均的皮肤露出，单薄的手背与短小的手指，全都布满了蟹足肿，连指甲也是弯曲的。

我张口结舌，全身僵硬。

"野崎先生。"琴子将手套塞进羽绒服口袋后，"可以麻烦您把这块石头卡在玄关的门上吗？门要尽量敞开，虽然外形很夸张，但这次我们要用它作门挡。"她若无其事地说道。

石头正如看上去那么沉重，卡在门上，轻易便固定住门。

回到客厅后，琴子一身白衬衫搭配黑西装裤。羽绒服和黑色外套叠好，放在行李箱旁。

　　风从玄关吹入，我不由自主打了个哆嗦，但琴子一点儿也不在意，解开袖口纽扣，卷起袖子。

　　右手的下臂部分，纵横交错着像是被什么抓伤的新伤痕，左手也被蟹足肿覆盖。

　　"您吓到了吗?"琴子询问。我犹豫了一下——

　　"对。"选择老实回答。

　　琴子面不改色，再次坐到行李箱前，拿出白色袋子。从里面取出的是普通的黑色盖子喷雾罐。

　　"是职业伤害。就像写作的人视力会变差，会得肌腱炎一样。"

　　"可是，真琴没那么严重。"

　　"我比她早踏入这个行业，经手的委托案规模也不同。"

　　琴子拿起喷雾罐，前往走廊，进入洗手间。我随后跟了上去，发现她"啵"地取下盖子，在镜子前上下摇晃罐身。

　　"我忘记说了，野崎先生。"她面向我，一脸事不关己地说道，"结束后可以麻烦您收拾善后吗? 另外，也请帮我向真琴道歉，说抱歉我弄脏她家。"

　　"可以啊，没问题啦。"我向前踏了一步，走进洗手间，"但您说会弄脏是——"

　　"多谢您。"

　　琴子以视线和下巴致意后开始朝镜子喷洒喷雾。镜面刹那浮现一大块黑色斑点。稀释剂的味道扑鼻而来，是彩色喷漆。

琴子纵横移动着喷漆说道："事先收起对方厌恶的东西，是邀请客人时的基本礼貌。即使对象不是人也一样。"

她将镜面喷得一片漆黑后，盖上盖子，重新面向我，迈开脚步。我退开身体让她通过，她又走到客厅的行李箱前坐下。

她收起喷漆，接着拿出一只细长的袋子，从中抽出整齐地捆成一束的紫色细绳结。

她一边解开绳子打结处一边说："您知道真琴曾经吃牡蛎而食物中毒吧，所以她不太敢吃贝类。"

话题突然改变，但我并不介意。

"我知道。"

"是我让她吃牡蛎的。"琴子如此说道，站起身走到房间角落。将解开抻成长绳的绳结，沿着墙壁摆放。

"邻居送给我们高级的牡蛎，但数量不够所有人吃。于是我让真琴她那些年纪较大的孩子吃，结果当天晚上他们全都难受得在地上打滚。幸好没有酿成大祸……父母和年纪较小的孩子是吃前一天剩下的咖喱，所以没事，我也一样。当然，这只是偶然和不走运，不过——"

年纪较大和年纪较小的孩子。

琴子和真琴还有其他兄弟姐妹吗？

绳结环绕住整个客厅。琴子将绳结两端轻轻打结。

"后来真琴她们对我抱怨了一番，说我是不是打从一开始就发现食物有问题才没有吃。因为当时我中学二年级，已经开始从事一些这方面的工作了。"

琴子展示双手的手背给我看，又立刻放下。

"这些烫伤就是当时留下的。是个用火的难缠对象，这些留下的伤痕最痛，凭现代的医疗也无法有效根治。痛苦难耐时，只能泡温泉疗养。最近那边的子宝温泉倒是挺有效的。这只是我'个人的感想'。"

琴子表情丝毫未变地如此说道后，再次沿着客厅的墙边走，蹲下来调整绳结的松紧度。

"这些烫伤——我如今认为是个好经验，但当时我真心觉得是遭到了天谴，让真琴她们受苦的惩罚。明明当时和现在，我都完全不相信有神佛的存在。"

琴子谈论着往事，一步一步照着程序走。从扁平的木箱中拿出一只小黑盆，大概是黑檀吧。她将小黑盆轻轻摆放在床铺中央后，接着拿起一只小袋子。

我忍受不了沉默，听完她说的话后，又有感到疑惑的部分，因此询问道："可是真琴、真琴小姐看起来完全不恨您啊。"

"直接叫真琴就好，你们在交往吧?"

琴子如此回答。她突然把话题转到我身上，着实吓了我一跳，好不容易出口承认后，她便说道：

"现在似乎收敛了不少，但以前她动不动就想与我较劲。不对，与其说是我，不如说是我的这份力量，似乎令真琴感到十分厌烦。"

她将小白袋放置于盆的中心，拿出另一只扁平木箱，这次并未打开盖子，直接摆放在床上。

琴子紧接着拿出留在行李箱里，中间用绳子绑住的黑色细长小布袋。

在琴子解开绳子前，我已知道里面装的是什么。

袋中出现一支全新的毛笔。

她跪坐在盆前，把毛笔搁在床单上后，双手捧起盆里的白色袋子，缓缓取出里面的东西。墨绿色的老旧护身符袋。

是魔导符。

琴子用全新的毛笔慢慢仔细地扫过表面、背面、上部和底部。她的脸庞和过去一样面无表情，但散发出的气息明显有别于过往。感到震慑的我，只能注视着她的动作。

她从袋子里取出咒符，用同样的方式清理后，再放回袋中。将魔导符放回黑檀盆后，琴子从口袋掏出香烟和携带型烟灰缸，放在一旁。

"不只牡蛎那一件，我还做了其他对不起她的事。"琴子轻声说道。

我沉默不语。她垂下视线，轻声叹息道："因为看不惯我的力量，真琴似乎企图得到与我同等或是更加强大的能力。听说她十六岁离家后，十分乱来。做一些修验者或佛僧所做的事，进行危险的修行；胡乱尝试一些宣称能提升灵力的奇怪药草之类的东西。"

这话我头一次听说。我早就知道真琴对她姐姐琴子抱持着尊敬的感情。不过，我一直以为她身为灵媒的力量是与生俱来的，没想到并非如此。

"她确实颇有天赋，但她能获得如今这般的力量，全是靠她努力得来的。但那却是腐蚀她身体的双刃剑。"她从烟盒中抽出一根香烟点燃，边吞云吐雾边望着玄关。

不久，她注视着袅袅升起又消散的烟雾说道："她之所以无法生育，都是我害的。"

她的表情没有丝毫改变，唯有眼神透露出些许悲伤。

"原来是这样啊……"我如此回答。

内心却非常震惊。得知事情的来龙去脉后，想起真琴胸口也一阵揪痛。

但是，我对琴子却完全没涌现负面情感。

我自然而然地开口："不过，真琴至今仍一直尊敬着您。我在一旁观察得出来。不管动机为何，做出损害身体的事情是她自己的选择——决定所造成的后果。所以，您无须感到自责。"

我说着说着才察觉到，口中吐出的这些话语，并非敷衍安慰，或把话说得冠冕堂皇，而是出自真心。

"是吗?"

琴子吸了几口烟，过了很久才转向我："……野崎先生您怎么想呢? 难道不怨恨把真琴变成那样的我吗?"

"不会，我完全不恨。"我看着她的眼睛回答。

"因为我很重视那样的真琴。"然后，紧接着如此说道。这也是我的肺腑之言。

"是吗……"琴子将香烟搁在烟灰缸里，整个身体面向我，"真琴就拜托您了。"她如此说道后，双手抵在床上，深深低下头。

我吃了一惊，"您快别这样。"我靠近她，打算扶起她时，她猛然直起身子，直盯着玄关。

然后，表情有些愕然地望向我说：

"来了。"

我望向玄关。琴子端正坐姿。幽暗的玄关门外一片漆黑，连街灯和邻近住家的灯光都看不见。

我以不上不下的姿势，屏息以待地瞪视着那四角形的黑暗。没有变化，也并未传来脚步声。

"看来顺利成功了呢。魔导——**诅咒**。"琴子嗓音格外嘹亮地说道。

"这话是什么意思？"

"我先前所言不假。"琴子凝视着玄关，"那大部分是诅咒。就像志津诅咒银二一样，**我诅咒了我自己**。诅咒折磨真琴的我自己。如此一来——"

突然一阵暖风从玄关吹了进来。我眯起眼睛，用手挡住脸。风通过我们，执拗地摆荡屋内的小物品、窗帘与照明开关的绳索。

风在屋内盘旋。

身体缠绕着黏腻的湿气，当我因不舒服的感觉而皱眉时，琴子叼起吸了半截的香烟，朝半空中吐出烟雾。

烟雾瞬间被风吹散。

琴子丝毫不感到惊讶，缓缓巡视风鸣物晃的屋内。

嘻嘻嘻嘻嘻

呵呵呵呵呵

嗤嗤，嗤嗤

微弱的笑声乘着风声传入耳中，我立刻便听出那并非人声。刺耳走调，感觉完全不是从人体器官中发出的声音。

风环绕住我们打转儿，湿气令我衣服内开始冒汗。

"真琴。"一道清晰但分不出年龄的女声响起。只能分辨出是女人声，而且音调极不自然。

玄关竖着一道女人的影子。

比深夜还要漆黑的影子，身高不高也不矮，从轮廓可看出她留着一头长发。

影子慢步朝这里前进，一边低喃着："真琴在吗 —— 真琴。"

"不在。"

琴子斩钉截铁地回答。影子停下脚步，同时风中的笑声转大。

哈哈哈哈哈

她说不在耶

呵呵

她回答了哟

回答了

回答了啊啊啊

嘲笑般的声音，还带着孩童、老翁与老妇同时说话的奇妙余音。

宛如贯穿那道嘲笑声似的 ——

"那么 —— **和浩在吗**?"响起这道声音。

琴子瞅了我一眼。我擦拭着额头冒出的汗滴，点了点头。

她摇头。我再次颔首。

和浩是我的名字。

从未在职场上使用的本名。来到东京后，便鲜少有人如此呼唤我了。就连真琴也称呼我的姓氏。

然而眼前的它 —— **魄魑魔**却知道我的本名。是从哪里得知我的名字，呼唤我的？虽然真要查，还是查得到我的本名，但它来到这里，一边叫唤我的名字一边接近，这种行为到底有何意义？

影子在走廊慢步前行，逐渐靠近这里。日光灯闪烁了几次，然后熄灭。

大笑声转为窃笑，宛如黏液般温热的湿气令全身黏腻不堪。黑暗中响起咔叽一声，床上亮起红色光点。

是琴子点燃了香烟。

"呼 ——"暗室中传来吐出气息、烟雾的声音。

闷笑声再次转变为嘲笑与辱骂声。

嘻嘻嘻嘻嘻

香烟香烟

不怕

不怕啦

蠢货 ——

哇哈哈哈哈

眼睛慢慢习惯了黑暗。视野内最先浮现的，是白色床单上身穿白衬衫的琴子。看不清她的表情，只是面向前方吐着烟。

"一起去山上吧。"女声叫唤道。

我没有应声。当然，琴子也没有回答。

一起去一起去

山上

山上山上吧

周围的声音模仿道。

琴子"呼"地吐出一大口烟，抛下一句："不去。"

"不去。"走廊上响起一模一样的声音。

紧接着："作祟和造业这种概念，是人类解读——让事情合乎情理的道具。您的祖先做过什么，仓库里的日记中确实写着依现代人角度看来非常残酷的事情。有几件事大概真的去实行了吧。那具骸骨是小孩的。不过，您的祖先称之为'抚雨露（buuro）'的存在，与那些事无关，似乎只是单纯赖在这间宅邸不走。基于我们无法理解的理由，难以解释的道理。"

琴子洪亮的嗓音响起。对人解说的话语，从风的间隙流畅地传来。

这是工作上的事，恐怕是琴子在处理其他委托时所说过的话。

"哦，竟然还能接收电波啊。"传来嗤之以鼻的声音，"那么是否也能干扰电波呢？既然轻易地就能模仿人声，那么应该也能用电话叫人接听吧？"

琴子香烟的烟雾冉冉上升。

"比起直接干涉人类，要简单多了吧？还是说，还没想起全部的步骤？即使想起来，也马上就忘了？这个世界变化多端，搞得你晕头转向了吧？"

多重声音开始躁动。笑声在室内喧闹不已。

感觉得到琴子在暗处慢悠悠地张望四周。

她轻声叹息道："周围这些**小家伙**是你故意在附近召集过来的啊？不找这么多数量给你壮胆，你就不敢来到这里吗？突然被召唤，让你吓破胆了吗？"

她抓起脚边的魔导符，举到面前。

在嘈杂的环境中她的声音依然具有穿透力。音量绝对不大，也没有表露出感情，但她的说话方式显然是在向妖怪挑衅。

不过——

我看见琴子的白色衬衫濡湿，紧贴她的背部。是汗，不单是潮湿的热风造成的，汗量非比寻常。

她在紧张。内心与表现出来的言语、态度背道而驰。

"你不知道我的名字吗？召唤你的明明是我。"

琴子紧握魔导符说道。一道汗水沿着她的脸颊滑落。

"我知道。"女声简洁地回答。

我知道

我知道哟

知道啦

知知知

名字

名字字字字字字

叫什么

欸，叫什么

周围的声音情绪高昂、七嘴八舌地喧闹不已。

哇哈哈哈哈

啊哈啊啊

咿嘻嘻嘻咿嘻嘻嘻

声音越来越大。感觉走廊上的气息和人影越发明显、胀大。吹来的是热风，我却一阵发凉。

呐，吃了吧

吃吧

吃吧

来吃吃吃吃啦啊啊啊

老子要吃女人

我要吃男人

我两个都吃吃吃

周围的声音震耳欲聋。我不禁捂住一只耳朵。

一道女声从中钻出说道："一起去山上吧……**琴子**。"

吵嚷声戛然而止。湿气从身体表面剥离，滑落脚下。

日光灯闪烁了两三次，再次陷入黑暗。

眼前瞬间闪过某种灰色形体的画面，我连忙后退了几步。

沉默主宰着黑暗。

突然响起滋滋的声响，琴子的香烟微微亮了一下。

"呼 ——"吐气声。

……琴子……

后方传来咕哝声。

琴……子……

这次换从右方传来。

声音微弱，嘲笑声消失无踪。

反而像是畏惧、屏息般，声音接二连三地低喃她的名字。

"没错。"琴子吐着烟，"你们既然平时在这附近游荡，混在一起，相处融洽，应该听说过许多我的事迹吧？"

发出威严十足的低沉嗓音说道。

难不成……

该不会……

众声音开始骚动起来。有些声音直打战，有些声音甚至听起来像是在哭。

是比……比嘉琴子啊啊啊啊！

响起惊声尖叫。

猛然卷起一阵强风，从室内以电光石火的速度吹向玄关。别说小物品和窗帘了，连家具都咔嗒咔嗒晃动。我差点被吹飞，连忙压低重心。

一团鬼哭狼嚎的旋风远离，随着热风的停息，声音逐渐微弱，最终消失。

琴子捻熄香烟后，倏地在床铺上站起来，慢慢下床。凭借着她的气息和白色衬衫的动作，我好不容易才察觉她的行动。

它的气息伫立于走廊，距离比刚才还远。是后退了吗？

"待在远方山上的你可能有所不知——"琴子再次恢复平常冷静的口吻说道，"我插手了管太多事，名声远播。就算想降妖除魔，也令对方闻风丧胆，逃个无影无踪。算是出名的代价吧！"

室内一隅同时发出朦胧的亮光。

是绳结在发光。苍白的光芒宛如烟雾般袅袅地沿着墙面，升上天花板。

是结界吗？

女人的影子缓缓移动，来到结界前一步的距离。

"琴子。"

"我在这里。"琴子明确地回答。

瞬间，走廊的半空中浮现白色的细小物体。眼看着白色物体越变越多，排列成上下两行，张开。

这是——嘴巴。白色物体是牙齿。

啃食田原秀树的脸庞；伤害真琴，注入毒素——

咔叽一声，响起巨大声响，嘴巴猛然从视野中消失。

"趴下！"

琴子呐喊。瞬间——

客厅四周响起某种东西破裂的砰砰声，室内再次陷入一片漆黑。我的左脚一阵疼痛。我呼吸停顿了一下，又立刻吐出，勉强匍匐在地。

脸颊摩擦到某种物体，不是地板。我用手触摸，类似线头的触感，轻而易举地在我手指中瓦解消失。在黑暗中勉强辨识出它是紫色的，周围的地板上也躺着同样紫色如毛虫般的残骸。

是绳结。琴子在房间四周布下的 ——

结界被破坏了。一瞬间，不堪一击。

它的力量比以前还强大。

咚的一声，有东西从床上滚落。是琴子。在我想要扶起她的前一刻，她自己撑起腰，抬起头瞪向玄关。

"不好意思，您自己保护自己吧。"

她快速说完并再次跳上床，打开手中的箱子，取出里面的物品。

扁平的圆板在黑暗中发出青光，照耀着琴子蟹足肿的手指。

是镜子。镜子本身在发光。

慢慢照亮琴子的周围。

她的眼前站着一只灰色的大妖怪。长长的脚，扭曲的小躯干，双手垂下，脸庞被黑发遮盖住，看不见。它在琴子的面前摇晃着身体。

"你以为没有镜子，就放心了？"琴子说，"有哦。有一面擦得光亮无比的**古镜**。"

黑色长发无声无息地竖起，底下露出张开的巨大嘴巴，吐出乌黑的舌头。屋内飘散着馊臭味。

妖怪向后弓起身体，使劲反弹，攻向琴子。

琴子将镜子举到面前，排列得乱七八糟的牙齿，在镜子前静止不动。口张得更大，又一口气闭上。

牙齿发出令人不快的声音，再次回荡在室内。

同时，刮金属般的刺耳声音掠过厨房。我捂住耳朵，趴在地板上。

咔啷咔啷，地板发出东西掉落的声音，紧接着响起破裂粉碎声。

我勉强抬起头，发现琴子一动不动，将发光的镜子对着妖怪，说道："怎么样？这个很管用吧？"

"琴子。"妖怪发出的声音。嘴巴闭着，并非用嘴巴说话。

"干什么？"琴子极为平静地回答。

"一起去山上吧。"

"不去。"

"去吧。"

"我不去。"

"大家在等你。"

"大家？"

琴子微微歪了歪头。妖怪再次弓起身子，慢慢张开嘴巴。

"孩子，孩子们。"妖怪——魄魑魔一清二楚地如此说道。

琴子略微瞪大双眼。

"果然。"仰望妖怪，以充满信心的声音说道，"我猜想得没错——**所以你才会掳人啊。**"

露出的一口乱牙，再次逼近琴子，在镜子前粗暴地合上。

铿锵！

屋里内侧的电视应声毁坏，并且火花四射。

妖怪再次张开嘴，旋即合上。

铿锵！

餐桌的四根桌脚全被拦腰刨断，发出高亢刺耳的声音而崩塌。

我差点被桌子压扁，连忙滚向窗边。

妖怪全身向后大幅度地弓起，再次啃咬虚空。

齿鸣声中交杂着啪的一声锐音。

琴子的身体突然一阵摇晃，单膝跪在床上。

我瞪大双眼。琴子的背部 —— 白色衬衫转瞬间染成一片鲜红。

终究是被咬了。像高梨、逢坂、田原以及真琴一样。

魄魑魔再次伸展躯体，嘴巴从长发间张开，上下一再撑大。紫色的口腔逐渐占满整个视野。

"野崎先生！"琴子呼唤着我的名字转过头来。当我们四目相交的瞬间，她突然将镜子扔给我。镜子划出抛物线，朝屋内的四面八方投射出光芒，逐渐落下。

我滑向坠落地点，以腹部和双手接住镜子。我撑起上半身"啊！"地惊叫了一声。

因为琴子正徒手抓住妖怪双颚排列难看的牙齿，阻止它合上。魄魑魔晃动头部，试图甩掉琴子的手，但琴子满是烫疤的小小双手，却紧抓住牙齿不放。

乌黑的舌头伸出，缠绕住她的身体，长长的手指抓住她的躯干。

危险。

我站起来，依样画葫芦地举起镜子摆到面前——

"没关系。"

此时传来琴子的声音，让我动作僵住。不过我心想魄
魕魔会模仿人的声音，立刻改变念头，打算再次举起镜子，
然而——

"真的没关系。"琴子这次转头对我说道。这是怎么回事？

舌头爬上她的后颈；手指陷入她的侧腹。不过，舌头
与手臂都只是无力地缠绕住她的身体，无法造成更进一步的
伤害。

"——我接触它之后便知道了。"琴子面向魄魕魔，"它
的舌头、双手，恐怕连身体都只是**装饰**而已。拥有力量的只
有嘴。不——应该说**只剩嘴**吧。"

琴子再次独自心有所悟。我不知所以然地手持镜子伫立
原地。

"琴子。"妖怪保持嘴巴张到极限的姿态说道。

"琴子……啊，啊……"露出的喉咙深处传来嘶哑的呻
吟声。是感到痛苦吗？是正在哭泣吗？是老翁还是老妇？无
论如何，都与以往的声音截然不同。

"……啊啊，啊……好痛……好痛啊……"声音诉说着
痛苦。

"怎么会……"琴子嘀咕道。看得出她吃了一惊。"还残
存着吗……"

"啊呜，啊……救救……我。"喉咙深处的声音，语带
呜咽地恳求道。

琴子仍旧不松手，压制住双颚，方才的声音未再发出。只响起她的气息声、床单的摩擦声，与我的呼吸声。

啪嗒。

一片漆黑的走廊上发出声响，是某种带着湿气的东西落到地板上的声音。

啪嗒、啪嗒。

是脚步声。光脚在走廊上前行，朝这里走来。

我望向走廊，将发出微光的镜子举在前方。

黑暗中，走廊的中段浮现小脚和身体。

衣服看起来很眼熟，是知纱。

她的衣服东一块西一块，沾满了褐色污渍；蓬乱的头发上附着着类似泥巴的物体。幼稚的面容脸色苍白，凌乱的刘海儿间隙透出呆滞的双目，望向这里。

我移动脚步，高举镜子前进，想要仔细看她的脸。

知纱皱起眉头，狠狠瞪着我——

"和、和浩……和浩。"发出孩子的声音低吟道。

我反射性地停下脚步。为何？为什么她知道我的名字。

知纱弯曲嘴唇呻吟：

"一、一……"

"一起去。"魄魑魔被琴子抓住双颚说道。

"一起……去……"知纱脸孔歪斜地复诵一遍。这、这也就是代表——

我回过头，看见琴子微微点了点头。

"……山上吧，和……浩……"说完后，知纱啪嗒地响起脚步声，慢步朝这里走来。双手无力地垂落，眼睛半开地望着我。

琴子说的话掠过我的脑海。来这里之后，听到无数摸不着头脑的措辞。

为何它要"掳人"？

孩子们。

只剩下嘴。

我慢步走近知纱一看，这才恍然大悟。

它——魄魕魔，是这样增加数量的。

掳走人类，借以繁衍后代。

田原秀树和他的外公外婆，应该可以说是没通过它的"审查"吧。

个人的解读不断掠过脑海，逐一堆叠。

如此一来，现在位于眼前的这只魄魕魔本身——

也曾经是人类？曾经是孩子吗？

是减少家中人口时，从村庄被掳走的孩子所沦落的悲惨下场吗？

知纱龇牙咧嘴，慢慢张大。如半开玩笑的动作，令我全身不寒而栗，心生畏怯。

"镜子！"琴子再次嘶吼，"拿镜子近距离照她！就算她害怕也不管！"

知纱咚地朝地板一蹬的同时，我朝前方亮出镜子。

知纱呻吟着趴下。有效。我蹲下来用发光的镜子照射她的头部。

"呜咕呜呜!"知纱在走廊上翻滚,试图躲避亮光,脸部痛苦得扭曲成一团。我克制住自己怜悯她的冲动,将镜子更加贴近她。

知纱猛然一跃而起,朝我用力一撞,令我跌了个四脚朝天。镜子因跌倒的冲击力飞出我的手中,在地板上滑动。

知纱露出牙齿,压到我身上,我立刻伸出双手抓住她的脸颊。

口水从她张开的大嘴滴到我的脸上。腐臭的味道,和它一样。

她正慢慢化为魍魅魔。

知纱以超越一名幼童该有的力量压制住我,牙齿逼近鼻尖。我别开脸,镜子在我视线前方隐隐发光。

"……妈……"

远处传来微弱,像是在啜泣般,细小的孩童声。

"……妈……妈妈……"

我竖起耳朵,寻找声音来源。接着难以置信地面向知纱。

"妈妈……你在哪里……我好害怕……好害怕……呜呜,呜啊啊啊,啊……"

声音是从我的眼前 —— 知纱的喉咙深处传来的。

"知纱。"我不假思索地脱口而出。

知纱,知纱的意识,被禁锢在这副躯体的深处。

她的魂魄被封印在肉体中。

正在哭着寻找母亲。

我一时松懈,扣住知纱脸颊的双手放松了力道。

知纱猛烈地晃动头部，我的双手被甩开。

就在我心想不妙的时候，她立刻朝我的脸扑来。我试图躲开攻击，扭转上半身后，她的牙齿便刺进我的左肩。

灼烧般的痛楚从肩膀贯穿全身。

我呻吟着抓住她的身体，想要拉开，陷入皮肤的牙齿却钩住皮肉，肩膀窜过一阵新的疼痛。

知纱迷离的双眼在我眼角余光中摇晃。

客厅突然咚地响起一声沉重的声音，震动了墙壁、地板和整个室内。紧接着响起咔啦咔啦的崩塌声。

琴子发生了什么事吗？

我呻吟着伸出右手，努力伸展，指尖触碰到地板上的镜子。知纱的牙齿刺得更深，发出啃咬声。

"啊啊啊啊！"

我不禁放声大叫，趁势将承载知纱体重的身体伸展到极限。手掌传来冰凉的触感，抓到镜子了。

我利用反作用力将镜子抵在知纱的头部。

知纱"咻"地吐出气息，跳向后方。当我因牙齿拔出肩膀造成的剧痛而呻吟时，她一落地，便跳过我奔向客厅。

我费了好大的劲才站起来，追着知纱冲进客厅。

琴子倒卧在电视机的残骸上。我用镜子照射她，发现她双手流血，床上的床单染成一片通红，像是用毛笔龙飞凤舞地挥毫过一般。

妖怪在厨房一隅摇摇晃晃地呆立原地，知纱则蹲在它身旁。

我目光直盯着魄魖魔不敢放开，按住疼痛的肩膀奔向琴子身旁。她自己撑起上半身，口齿清晰地说道：

"抱歉，我只是心急了一点。"

说是这么说，她的嘴唇右端却淤血肿胀，衬衫前面也到处渗出鲜血。红色斑点在我的注视下一点一点地在白色布料上扩大。

"接下来该怎么办？要封印那只妖怪，救回知纱吗——"

"对。"琴子凝视着妖怪，"我本来打算如此，就某种程度上也还算进行顺利，不过……"

说到这里，琴子突然眉头深锁。她紧咬的牙齿中隐约透露出痛苦的气息。

"……没想到这个节骨眼，我的身体却反倒先吃不消。"琴子无奈地低喃。

妖怪大幅度地摇晃了一下，缓慢流动似的前进到客厅中央停下。我不敢挪开视线，凝视着它细长的灰色躯体。

明明无风，一头乌黑长发却摇曳飘动。它慢慢举起纤细的手臂，抓住自己的嘴唇上下掀开。伴随着咯吱咯吱的不悦声响，露出两排凌乱不齐的黄牙。紧接着露出深紫色的牙龈，以及更外侧的绿色软组织。

嘴唇啪哩一声裂开，嘴巴扩张到**比脸还要大**。无数的牙齿、多根的舌头、紫色的口腔、自己分辨不出的某种物体，逐渐覆盖住我的视野。

知纱的脸庞和身体，隐藏在口腔深处。

异臭弥漫整个室内。我全身僵硬，无法动弹。

　　啪的一声，镜面裂出纵横交错的巨大裂痕。光芒减弱，四周逐渐转暗。

　　"这家伙……怎么想都太难对付了呢。"

　　我竭尽全力虚张声势。如果不这样做，我可能会失控大喊。自认面带笑容，但脸上肌肉并不听我的使唤，肩膀的麻痹也蔓延至脖子和手臂。

　　"是啊。"琴子爽快干脆地同意，"不过，还是必须完成委托。毕竟委托人是真琴。"

　　说完，她直起身体，在床上叉开双腿站立。

　　"野崎先生。假如我有什么三长两短，知纱就拜托您了。"

　　"可是——"

　　"请使用那面镜子。它还能使用，对现在的知纱应该也还有效。"

　　琴子双手一挥，摆出架势。两手之间有东西在发光。

　　"我来拖延时间。"

　　沾满鲜血的手中响起金属的声音。是线——钢线吗？

　　衬衫的红渍扩散得比刚才更大。

　　巨大的嘴巴起伏波动，琴子同时将手迅速伸向前方。

　　咻，发出划破空气的尖锐声。

　　下一瞬间，响起宛如呐喊声般的重低音，窗户、窗边的墙壁应声大幅度地凹陷。窗框弯曲，玻璃碎裂四溅。

　　日光灯闪烁着。窗户的残骸中，灰色的影子和红白斑驳的影子如残像般烙印在眼底，两道影子纠结交缠在一起。

　　还有一个小孩子的身影。

是知纱。

我大步跳跃。

知纱奔向走廊，朝玄关前进。是打算逃跑吗？我跑过走廊。

在快接近换鞋处时，我伸出右手，一把抓住脏衣的背后衣领并往后拉，知纱发出呻吟声，回过头露出张大得令人难以置信的嘴巴。

我将左手的镜子贴近她的鼻子，她畏缩了一下后揪住我。我扭转她的身体，拎起她的衣服后，知纱的身体便浮在半空中。我本来想利用反作用力将她摔到墙上，但身体擅自停止了动作。

知纱的身子实在太轻了，是幼童瘦小的身躯。

不忍心。

知纱用力咬了我的右腕 —— 手肘的内侧一口。

剜肉的痛楚从手肘窜过肩膀和背脊，交杂着左肩的疼痛，贯穿全身。

我和知纱一起倒在走廊。同时客厅传来沉重的轰然巨响，走廊的天花板龟裂，裂痕呈闪电形一路裂到玄关。碎片啪啦啪啦落到我脸上。

知纱用她的小手将我的脸摁到地板上。后脑勺受到猛烈的冲击，让我差点失去意识，但我努力撑住了。我试图举起左手的镜子，手感却有异样，这才察觉到事态。

可能是跌倒时的冲击导致镜子变得粉碎。镜子的底座从我手中消失，大小碎片刺进我的手指和手掌。碎片被血濡湿，光芒消失无踪。

我搞砸了。

知纱的手再次使劲。要是这次再受到重击，搞不好就没戏唱了。短小拇指的触感及压力猛烈施加在我的额头上，还有冰凉的金属质感。

金属。

这是——真琴的戒指。

真琴交给她后，她就一直戴在身上啊。

戴在拇指上。

"真琴……"我下意识地呢喃。

知纱颤抖了一下，放松手上的力气，"呜呜啊"地张嘴呻吟。嘴里深处响起微弱的声音："……粉红……姐……姐……"

小小的牙齿发亮，隐约照耀出口腔内侧。

光源是真琴的戒指。知纱沐浴在亮光下，扭动着身躯。

真琴也在战斗。尽管位于病房内，却仍想要拯救知纱。在无数的可能性之中，我毫不犹豫地选择如此"解读"，解读会联结起新的事物，构成假设。

时至此刻我才想起口袋里塞着绳结。

我将右手伸进口袋。光是这个动作就引发剧烈疼痛，令我不禁呻吟，指尖好不容易摸索到绳结。搞不好这个会有效——

我大声呐喊，爬起来推倒知纱。右手与左肩如燃烧般炽热，疼痛令我全身仿佛要支离破碎。我咬紧牙关，用绳结缠绕住她的身体。

"呜呜呜呜!"知纱手脚四处挥舞,乱打乱踹。我既不躲也不挡,把她的身体绑得像一只粽子。

知纱激烈抵抗,想要挣脱绳结,但她的力量明显正在减弱。

果然有效。

客厅响起格外巨大的声响,撼动空气。我反射性抬起头的瞬间——

"真琴。"叫出了这个名字。走廊彼端的黑暗伸出灰色的长手,长发沿着墙面移动。

随后出现巨大的嘴巴,凌乱的牙齿与好几根黑舌霎时间便逼近我的眼前。

还来不及逃跑,紫色的口腔便充满整个视野,我的脑海浮现真琴和知纱的身影——

一股未曾听过的不快声音贯穿鼓膜。

眼前的牙齿、嘴巴逐渐远离。慢慢被拉向后方,拉向客厅。

一条锐利发光的细线,缠绕住它的手、张开的嘴和舌头。

"……真琴怎么样?"

走廊尽头传来一道中气十足的低沉嗓音。

是琴子。

嘴巴在挣扎,舌头敲打地板,指尖竖起抓挠墙面,但再次一点一点地朝客厅远离。

"你打算吃了真琴的男友吗?还是说——"

声音在走廊上回响。

"你要逃跑？逃跑后再次 ——"

琴子的身影被塞满走廊的大嘴遮住，我看不见。

"——伤害我最后的家人，真琴吗？"

咔叽，响起不搭调的声音。是打火机。

"工作结束了。"

琴子"呼"地吐了一口气，嘴巴大幅度地颤动了一下。

"我要消灭你。"琴子斩钉截铁地如此说道。

巨大的嘴呻吟着闭上，龇牙咧嘴地把牙齿咬得咔啦咔啦响。

嘴巴摩擦着墙面，叽叽作响。我的视野只充斥着长发，因为它将身体转了过去。

勇往直前地冲向一片漆黑的客厅。

轰的一声，客厅发出一团蓝光，同时响起宛如数十只野兽一齐咆哮的声音。

是惨叫，不属于人世的存在，痛苦与恐惧的哀号。

嘴被蓝白色火焰包卷着，燃烧着，在客厅里跳来跳去。

窗边站着一道小小的影子，琴子叉着双腿卡在凹陷的窗框中，右手的香烟烟雾冉冉上升。

冷若冰霜的表情，在蓝色火焰的照耀下浮现。

她慢慢地将香烟叼进口中，深深吸了一口后，停顿片刻再吐出烟圈。烟圈环绕住熊熊燃烧的妖怪的身体，随着闪光化为蓝色火焰。

火花四溅，烟雾缭绕，妖怪再次发出令人毛骨悚然的嘶吼。屋内弥漫着有如消毒药水、游泳池的臭味。妖怪竭力伸长手臂，试图抓住琴子。她再次朝它的指尖吐出烟雾，于是它的指头、手部和手臂便燃起烈火。

嘴巴颓倒在床上。头发烧焦，嘴唇裂开、牙龈与舌头逐渐萎缩。传来犹如长声啜泣般的声音。

我的身体下响起呻吟声，我连忙察看知纱。她的额头冒出汗水，脸部皱成一团，逐渐恢复原本人类的脸庞。

爆炸声轰然一响，我立刻抱住知纱背对客厅。呐喊声消失了，背后只传来啪叽啪叽的声响与药剂般的臭味。

含糊的声音在我怀中逐渐转轻，不久后化为吸吐的呼吸声。柔软的小小身躯随着呼吸声起伏。

是知纱的呼吸。

我缓缓抬起头窥视她。尚未发育的脸庞被我的血弄脏，筋疲力尽地呈现松弛的状态。嘴巴张开，露出排列整齐的牙齿。

我抱起知纱，小心地不让她再沾到血，我回过头。蓝色火焰已逐渐减弱，宛如黑炭般的物体微微在摇曳晃动的火焰中蠕动。琴子吸着烟，凝视着这幅情景。

客厅的日光灯亮起，火苗越变越小。

我顶着墙面勉强站起身，拖着脚步倚靠墙壁走向客厅。因为肩膀和手臂不断出血的缘故，意识逐渐模糊。

最后的火苗消逝了，床上不留痕迹。既没有留下燃烧的残渣，也没有烧焦床单。当时凭颜色我便大致猜想到，那果然并非人世的火焰，而是琴子的力量产生出的火焰。

　　琴子的衬衫残破不堪，纽扣掉了，内衣也露了出来。腹部和胸口都能看见割伤和刺伤，所有的伤口都渗着血。

　　琴子发现我和知纱，捻熄香烟后，拖着脚步走了过来。

　　我颤抖着双手将知纱交给琴子。她灵巧地抱起失去意识、浑身无力的知纱，以指尖触碰她的额头、胸口和手脚，蹲下来让她躺在床上。

　　"知纱 —— 还好吗?"我从干哑的喉咙中硬挤出声音询问。

　　她抬起头，用力地点了点头说:"单凭我一个人的力量是无法救她出来的，谢谢您的帮忙。"一如往常的平静口吻。

　　我指着缠绕住知纱身体的绳结:"还好带来了。这是真琴的东西，她说是实践了你教她的事。"

　　琴子微微瞪大了双眼。

　　我拉起知纱的手，展示出她拇指上的戒指。

　　"另外，算是这东西发出光芒，给了我许多提示吧。"

　　"是吗……"她虚脱似的看着戒指，"抱歉哦，还让你帮我。我真是没资格当姐姐呢。"说着莞尔一笑。

　　屋内射进红光，引擎声接近，传来停车声，接着是连续开关车门的声音。

　　大概是警察吧。想必是邻居听见窗户破裂、乒乒乓乓的吵闹声而报警吧。

　　琴子不着痕迹地遮住胸口，摆出一如往常的扑克脸说道:"先把知纱送到医院吧，之后您可以躺下休息。麻烦的事情就全部交给我处理。"

　　是叫我闭嘴的意思吧。不用她说，接下来我也没办法对别人详细说明事情的来龙去脉，因为我已筋疲力尽了。

脚步声奔上楼梯。双腿逐渐失去最后的力量，我一屁股跌坐在地。

十六

一元复始，匆忙兴奋的一月已经结束，二月也即将过半。

晴朗的冬日天空下，知纱踏着小碎步在石神井公园的池畔奔跑。

她追逐的前方，是摇曳着粉红色发丝、小跑着的真琴。

知纱呐喊着不知所云的话语，真琴嬉笑。真琴扭转身体，避开知纱胡乱挥舞的手。知纱再次大喊，一脸欢笑。

这是过去的自己势必会厌恶、不屑一顾的随处可见的情景。如今却欣然接受。

甚至可说是喜欢知纱和真琴回到以前一起玩耍的这个状况。

话虽如此，我可没有跟她们一起东奔西跑的意思。重点是，我的手伤和肩伤尚未痊愈，连洗澡也得费一番工夫，想加入她们，还要再过一段时日吧。

坐在木桌对面的田原香奈，眯眼望着真琴和知纱。虽然消瘦了不少，但脸色红润，表情明显呈现喜色。据说短时间仍需要回院看诊，但见到知纱后，她恢复得很快，连主治医生都大吃一惊。

真琴上个月平安无事地出院了。毒素似乎完全消失，身体状况也没有问题。她说可能是住院期间一直在打点滴的关系，现在食欲旺盛，体重也比住院前重了。

真琴蹲下来张开双臂，知纱冲进她的怀里。真琴慢慢地倒向后方，她怀中的知纱乐不可支地大声喊叫。真琴仰躺在地，抚摸知纱的头。手上的银色戒指闪闪发光。

琴子在医院接受治疗后，隔天早上便立刻出院了。据说要赶去处理下一个委托案。

"请代我向知纱的母亲问好，还有真琴。"她以一如往常的冷静嗓音说完后，将脸凑近动完手术、正躺在病床上休息的我呢喃道，"这件事若是又有什么后续发展，请通知我。"

"您是指——事情还没有结束吗？"我感到不安，硬是活动无法张开的嘴巴询问。麻醉应该早已消退，却还是难以言语。

"没那么容易解决。这世上的疾病、伤害，都需要时间痊愈。除妖也是同样的道理。我手上还有二十年来的老顾客呢。"

她侃侃而谈后，端正姿势，一本正经地说："野崎先生的委托，我可以算您亲情价哦。"

对于连声招呼都不打就离开的姐姐，真琴一副失落的模样，但她似乎更开心于知纱历劫归来，马上就打起了精神。

"虽然是兼职，但我月底要开始工作了。"香奈说道。

"去年待过的超市，还帮我保留着职位。"

"真是太好了呢。"我回答。有固定收入是好事。我也想要两三个连载工作。明天开始投简历吧。找几家有名的杂志和网站碰碰运气。

当我仔细思考今后的事情时 ——

"我以后会好好努力。"香奈低下头，缩起身子。

"是指工作吗?"

"不。是指当一个母亲。"香奈抬起头，颤抖着薄唇，"因为只有我，没有尽到保护知纱的责任。大家都保住了她。"

她望着一起嬉戏的真琴和知纱:"秀树，我丈夫，他舍命保护了我和知纱。还有野崎先生您和真琴也是。我真的很感谢你们。感激不尽。所以 ——"她若有所思地接着说，"以后如果知纱遇到什么危险，我一定会拼命保护她。"

"您想太多了吧。"我说。

香奈吃惊地望着我。

"不是以生死或有没有受伤来衡量够不够格当父母吧。"我举起缠着绷带的右手笑道，"这只是我搞砸了而已。把别人珍贵的镜子打破，不是什么值得夸奖的事吧。"

香奈一脸不知所措地莞尔一笑。这也难怪。听到这种话，教人家该作何反应。

"您找到托儿所了吗?"我问道。这次是能以是或否回答的简单问题。

然而，香奈却紧抿双唇，不发一语地微微摇了摇头。

"请别客气，跟真琴说一声吧。她一定二话不说地答应帮忙照顾知纱。"

"可是，我不能再麻烦她了。"香奈斩钉截铁地说道。

我再次笑道:"那么，我换个方式问吧。真琴以后还可以去您府上玩吗?"紧接着自然而然地说道,"还有,如果您不介意的话,也让我上门叨扰。"

香奈一脸过意不去地点点头。

由于知纱玩累睡着了,于是我们徒步前往知纱上井草的家。

真琴托着知纱的屁股,将她背在背上。知纱头靠在真琴的肩上,早就流着口水呼呼大睡。

真琴与香奈一路上谈天说笑,我看着知纱的睡脸,跟在两人的身后。

知纱也让精神科医生看诊过了,精神并没有什么异常。她似乎完全丧失被带到山上的那一个半月的记忆,无论怎么问她,她都回答不知道。

要说异常,也算异常。正确来说,是异常的征兆。有时将惊悚的体验封印在记忆深处,日后可能会引发某种精神疾病。琴子说得没错,这件事尚未完结。

既然如此。我心想。

只要知纱和香奈允许,我和真琴便继续和知纱保持关系。

我希望知纱健健康康地茁壮成长,忘记恐怖的体验,或是克服它。我想要助她一臂之力,真琴应该也这么想吧。不,真琴搞不好只是想和知纱玩耍而已……

等我回过神时,已经接近真琴的背后,探头窥视知纱的睡脸。

知纱嘟起嘴唇熟睡,嘴角蠕动着:

"嗯啊啊……沙……"

知纱的口中吐出声音：

"……沙 哦……咿，沙 姆 啊……嗯 嗯……咭 嘎……
哩……"

是梦话。

是在做梦吗？希望是美梦，不是噩梦。

风好冷。我立起大衣的衣领，缩起身子。

知纱在真琴的肩膀摇来晃去，一脸幸福地沉睡。

（完）

　　执笔本书时，参考了从小到大所见所闻的无数"恐怖故事"——妖怪故事、幽灵故事、怪谈、漫画、小说、电影及游戏。在此由衷感谢各位伟大的创作者。

　　主要参考资料如下：
　　• 中田祝夫《日本霊異記 全訳注》（上）（中）（下）（講談社学術文庫）
　　• 一本木蛮《戦え奥さん!! 不妊症ブギ》（小學館）

图书在版编目（CIP）数据

来了 / （日）泽村伊智著；徐屹译. -- 石家庄：
花山文艺出版社，2021.6（2022.10重印）
ISBN 978-7-5511-5708-7

Ⅰ. ①来… Ⅱ. ①泽… ②徐… Ⅲ. ①长篇小说—日
本—现代 Ⅳ. ①I313.45

中国版本图书馆CIP数据核字(2021)第079442号
冀图登字：03-2020-135

BOGIWAN GA KURU

© Ichi Sawamura 2015, 2018

First published in Japan in 2015 by KADOKAWA CORPORATION, Tokyo.

Simplified Chinese translation rights arranged with KADOKAWA CORPORATION, Tokyo through BARDON-CHINESE MEDIA AGENCY.

本书中文简体版权归属于银杏树下（北京）图书有限责任公司

书　　名：**来了**
　　　　　Laile
著　　者：［日］泽村伊智
译　　者：徐　屹

选题策划：后浪出版公司　　　　　　出版统筹：吴兴元
编辑统筹：梅天明　　　　　　　　　责任编辑：梁东方
责任校对：林艳辉　　　　　　　　　特约编辑：石儒婧
营销推广：ONEBOOK　　　　　　　装帧制造：墨白空间·黄　海
出版发行：花山文艺出版社（邮政编码：050061）
　　　　　（河北省石家庄市友谊北大街330号）
印　　刷：嘉业印刷（天津）有限公司　　经　销：新华书店
开　　本：787毫米×1092毫米　1/32　印　张：9.5
字　　数：184千字
版　　次：2021年6月第1版
　　　　　2022年10月第3次印刷
书　　号：ISBN 978-7-5511-5708-7　　定　价：42.00 元